Le tendre secret d'un roi

CATHY WILLIAMS

Le tendre secret d'un roi

Traduction française de
LÉONIE GADES

AZUR

HARLEQUIN

Collection : Azur

Titre original :
DESERT KING'S SURPRISE LOVE-CHILD

HARPERCOLLINS FRANCE
83-85, boulevard Vincent-Auriol, 75646 PARIS CEDEX 13
Service Lectrices — Tél. : 01 45 82 47 47 - www.harlequin.fr
ISBN 978-2-2804-7546-4 — ISSN 0993-4448

Composé et édité par HarperCollins France.
Imprimé en août 2022 par CPI Black Print (Barcelone)
en utilisant 100% d'électricité renouvelable.
Dépôt légal : septembre 2022.

FSC www.fsc.org MIXTE Papier issu de sources responsables FSC® C159065

Pour limiter l'empreinte environnementale de ses livres, HarperCollins France s'engage à n'utiliser que du papier fabriqué à partir de bois provenant de forêts gérées durablement et de manière responsable.

1.

Le prince Abbas Hussein du Qaram signa les documents posés devant lui sur la table de la salle de réunion, après y avoir jeté un coup d'œil de pure forme. Il n'avait pas besoin de relire le contrat qu'avaient rédigé ses juristes, dont certains étaient présents aujourd'hui avec lui à Londres.

19 heures venaient de sonner, il faisait un froid glacial dehors et, comme lui, ils étaient impatients de retourner sous des cieux plus ensoleillés.

Sans attendre que l'encre sèche, il se leva. À plus d'un mètre quatre-vingt-dix, il dominait d'une bonne tête le reste de l'assistance, dont Duncan Squire, le propriétaire qui ne cachait pas sa satisfaction d'avoir vendu son hôtel. À une époque, l'établissement jouissait d'une petite renommée, mais aujourd'hui, comme une starlette vieillissante, il avait désespérément besoin d'un rafraîchissement et d'un nouveau rôle.

La vente se concluait au bénéfice mutuel des deux parties. Elle permettait à Abe d'ajouter un nouveau joyau à son portefeuille d'hôtels de charme, cet à-côté plaisant mais secondaire, comparé à son occupation principale, qui consistait à gouverner le Qaram. Son royaume était petit par la superficie, mais riche par ses ressources naturelles, et puissant.

Depuis trois jours qu'il était à Londres, il avait enchaîné les réunions de travail. À présent, il n'avait qu'une hâte :

retrouver le confort de l'hôtel cinq étoiles où il avait loué tout un étage pour lui-même et sa suite, et souffler un peu. Aussi, quand Duncan Squire lui annonça que pour fêter la signature il avait fait préparer une collation digne de l'événement, il retint un grognement de contrariété.

— J'ai demandé à notre excellente chef de se surpasser pour vous éblouir, vous et votre équipe.

Le bain dans lequel il comptait se prélasser allait devoir attendre. Tout comme les mails qu'il avait prévu de traiter en rentrant à son hôtel, car en parallèle il gérait les affaires du Qaram. Son père, après un problème de santé quatre ans auparavant, s'était mis en retrait des affaires du royaume, persuadé d'avoir besoin de repos, en dépit de l'avis contraire de son fils et de tout un aréopage d'éminents spécialistes. Désormais, il se consacrait avec bonheur à son verger et à la quête d'œuvres pour enrichir sa collection d'art déjà bien fournie. Malheureusement, cela signifiait que tout le poids de la conduite du pays reposait sur les épaules d'Abbas.

Son père semblait résigné à une fin qu'il pensait prochaine et par moments Abe avait l'impression qu'après avoir perdu son père une première fois, quand celui-ci s'était muré dans le chagrin à la mort de sa femme, il était en train de le perdre de nouveau.

Mais l'heure n'était pas à la morosité ! Et puisque Duncan insistait, il allait s'attarder encore un peu. Ce n'était pas un grand sacrifice, car à en juger par les délicieux buffets qui les avaient nourris pendant les deux jours de négociation, le propriétaire n'exagérait pas en louant les qualités de son chef. Il profiterait de la première occasion pour s'éclipser sans vexer personne.

Cela faisait deux jours que Georgie n'avait pratiquement pas quitté ses fourneaux et elle piaffait d'exaspération quand on la prévint que ce fichu contrat était enfin signé. Duncan lui avait promis la main sur le cœur qu'aujourd'hui elle en aurait fini avec les heures supplémentaires, or il était déjà 19 h 15.

Elle jeta un dernier coup d'œil sur le chariot où elle avait disposé sur des plateaux de multiples délices salés. Puis elle se dirigea vers l'ascenseur. Duncan lui avait maintes fois répété, depuis l'instant où le prince avait décidé d'acheter l'hôtel, qu'elle devait lui sortir le grand jeu. Son patron s'imaginait qu'il toucherait le cœur du prince en satisfaisant son appétit.

Mais Georgie se préoccupait davantage de pouvoir enfin rentrer chez elle que de l'appétit d'un prince. Elle était fatiguée d'avoir passé des heures debout à s'assurer que tout ce qui sortait de sa cuisine était parfait. Pour toutes ces raisons, alors qu'elle n'avait pas encore rencontré le prince, elle était déjà mal disposée à son égard.

Elle n'avait pourtant pas trop à se plaindre, car ce job avait beaucoup d'avantages. Pour commencer, Duncan l'avait engagée à un moment où elle avait du mal à trouver un emploi et il s'était montré particulièrement accommodant. L'hôtel Bedford Woolf était petit, situé dans un quartier branché de Londres et les gens qui y travaillaient étaient jeunes, créatifs et dynamiques. Tout le personnel l'avait chaleureusement accueillie et Georgie avait rapidement noué des relations fantastiques avec eux.

Mais elle était réaliste. L'hôtel était au bout du rouleau. Son originalité et sa flamboyance théâtrale étaient terriblement datées. Il lui manquait la sophistication épurée de ses concurrents plus récents. Malgré les efforts de Duncan durant les deux dernières années pour cultiver son charme vieillot, l'endroit avait un petit air désespéré.

Tout le monde, y compris elle-même, était fou de joie quand il leur avait annoncé qu'un riche prince venu d'un pays dont elle n'avait jamais entendu parler avait décidé de racheter l'hôtel à un bon prix et – cerise sur le gâteau – de garder l'ensemble du personnel.

Elle n'allait donc pas bougonner parce qu'elle devait servir quelques canapés et petits-fours avant de pouvoir rentrer chez elle.

Dans l'ascenseur, elle profita du grand miroir pour vérifier son apparence. Elle était plus mince qu'autrefois, ses yeux marron semblaient plus grands et, malgré ses efforts pour les discipliner, les mèches de ses cheveux châtains coupés court partaient dans tous les sens. Elle avait vingt-six ans, mais parfois elle avait l'impression d'en avoir cent. Comme en ce moment.

D'habitude, elle portait un jean sous son tablier pour travailler. Mais Duncan avait exigé que tout le monde soit sur son trente et un. Aussi avait-elle échangé sa tenue décontractée contre une stricte jupe bleu marine, une chemise blanche et des ballerines noires, qui la faisaient ressembler à une hôtesse de l'air égarée dans une cuisine.

Tout ça parce que son employeur tenait à ce qu'elle présente elle-même la dernière collation à leurs hôtes.

La salle de réunion se trouvait au deuxième étage. Intimidée par les deux types costauds qui gardaient la porte, elle entra tête baissée pour dissimuler la rougeur qui lui chauffait le visage à l'idée de se retrouver au centre de l'attention générale.

D'un naturel réservé, Georgie aimait travailler en cuisine, où sa créativité s'exerçait librement, et elle laissait volontiers la lumière à ceux qui étaient doués pour cela, comme sa collègue Marscha, très à l'aise en public et volubile.

Elle n'eut pas besoin de lever la tête pour immédiatement prendre conscience de la présence de *gens*. Beaucoup de gens. Un murmure approbateur accueillit l'arrivée du chariot. Georgie prit une profonde inspiration pour surmonter sa nervosité et leva les yeux... Son regard fut aussitôt attiré par l'homme qui se tenait à l'écart près de la fenêtre, car il dominait de sa haute stature toutes les personnes réunies dans la pièce. Au même moment, celui-ci pivota lentement.

Le prince... Ce ne pouvait être que lui. Une aura de pouvoir et d'autorité irradiait de toute sa personne. Elle nota son maintien arrogant, l'expression impassible de ses yeux noirs aux profondeurs insondables. Il était tellement grand, tellement sublime, avec son visage à la perfection presque irréelle. Irrésistiblement séduisant et terriblement... *familier.*

Georgie éprouva un choc. Une partie de son cerveau lui disait qu'il ne pouvait pas être celui qu'elle croyait, mais l'autre partie rétorquait que ce n'était pas le genre de visage qu'on pouvait oublier.

Son expression devait refléter son désarroi, car tout le monde s'était arrêté de parler et tous les regards s'étaient braqués sur elle. Elle entendit la voix de Duncan, comme venant de très loin, mais le sens de ses paroles lui échappa. La seule chose dont elle était consciente était l'homme qui se tenait devant la fenêtre et qui la fixait en silence.

L'incrédulité se mua en panique et elle eut soudain du mal à respirer. Et pour la première fois de sa vie, comme pour repousser le moment d'admettre une réalité qui lui paraissait absurde, elle s'évanouit.

Quand Georgie revint à elle, elle était allongée sur un sofa et elle avait l'impression d'émerger lentement d'un épais brouillard.

— Tiens, bois ça.

Si elle avait encore des doutes quant à l'identité de l'homme qui avait provoqué son évanouissement, le son de cette voix grave où pointait un soupçon d'accent guttural les balaya. Elle aurait reconnu ces intonations au milieu d'une foule.

Cette voix avait longtemps hanté ses rêves, tout comme la scène qu'elle vivait maintenant. Mais dans tous les scénarios qu'elle avait imaginés, elle était toujours parfaitement maîtresse d'elle-même, calme, et non pas allongée sur un canapé avec sa jupe légèrement remontée sur une cuisse, et luttant pour recouvrer ses esprits.

Dans un sursaut de fierté, elle se redressa à moitié. Mais submergée par l'émotion, elle eut du mal à retenir ses larmes quand elle rencontra enfin le regard de l'homme qui venait de parler. Il n'éveillait pas seulement le souvenir d'un passé révolu, mais aussi l'appréhension d'un avenir qui s'écroulait sous ses yeux.

— Toi ! dit-elle dans un souffle. C'est impossible. Que fais-tu ici ?

L'image de Tilly s'imposa à son esprit. Tilly, dont le père avait disparu dans la nature sans laisser de trace avant même sa naissance.

Mais voilà qu'il était réapparu après des années d'absence, *sous les traits d'un prince*. Curieusement, cette pensée ne fit qu'augmenter l'inquiétude qui montait en elle.

Les souvenirs l'assaillirent et, à son grand dam, tous n'étaient pas désagréables. Certains déclenchaient même une troublante langueur. Ceux des nuits passionnées où la fusion de leurs corps nus atteignait la perfection. Ces moments où elle avait l'impression qu'ils s'appartenaient l'un à l'autre. Mais elle s'était trompée et elle avait dû vivre avec les conséquences de son erreur. Elle avait fini par reconnaître son aveuglement et l'accepter. Et maintenant…

Maintenant son univers si soigneusement édifié se dérobait sous ses pieds.

— Tu sais parfaitement ce que je fais ici, répondit-il. J'achète cet hôtel.

Elle réalisa alors qu'il avait l'air aussi choqué qu'elle.

— Je n'arrive pas à y croire.

— Moi non plus.

Abe avait rapidement recouvré ses esprits, mais pendant quelques secondes après l'avoir reconnue, il avait été au moins aussi sidéré qu'elle. Il s'était toutefois ressaisi. Grâce à une longue pratique, il était passé maître dans l'art de contrôler ses émotions.

Mû par une impulsion – un pressentiment ? –, il s'était avancé vers elle, comme s'il savait qu'elle allait s'évanouir. Elle s'était affalée littéralement dans ses bras et, après l'avoir allongée sur un sofa, il avait ordonné que tout le monde quitte la salle de réunion, car aucun témoin ne devait assister à la conversation qui allait avoir lieu dès qu'elle aurait repris connaissance.

— Où est Duncan ? Où sont-ils tous partis ?

— Tu devrais boire un peu d'eau. À moins que tu ne veuilles quelque chose de plus fort ?

— Tu n'as pas répondu à ma question ! Et je n'ai pas besoin d'eau. J'ai besoin de… de…

De savoir ce qui se passe.

L'amant qui s'était volatilisé quatre ans auparavant n'était pas un prince. C'était un type ordinaire, dont elle était tombée follement amoureuse. Tout cela n'avait aucun sens ! Au milieu du tumulte de ses pensées, une certitude surnageait cependant : la vie telle qu'elle la connaissait était sur le point de s'écrouler. Ils avaient eu une fille ensemble. S'il l'apprenait, plus rien ne serait comme avant.

— Tu es un *prince* ! murmura-t-elle. Comment est-ce possible ?

— J'avoue que je ne pensais pas te revoir un jour, alors je n'ai pas jugé utile de te révéler ma véritable identité.

Elle s'était assise brusquement et la tête lui tournait un peu. Les sentiments qu'elle avait réussi à enfouir au plus profond d'elle-même pendant quatre ans resurgirent avec une violence inouïe. La haine, l'amertume, la désillusion.

Il l'avait quittée sans un mot, sans laisser d'adresse ni de numéro de téléphone. Il avait disparu alors qu'elle était amoureuse de lui, enceinte et seule.

Elle n'avait été qu'un trophée sur son tableau de chasse. Il l'avait utilisée et lorsqu'il s'était lassé d'elle, il l'avait abandonnée sans laisser le moindre indice qui lui aurait permis de le retrouver. Et Dieu sait si elle avait essayé.

— Tu n'as pas changé, fit-il remarquer.

Sa voix avait pris une intonation un peu plus grave. Se pouvait-il que sous sa façade imperturbable il soit aussi bouleversé qu'elle ? Non, c'était impossible ! Et elle n'avait pas l'intention d'échanger des propos anodins avec cet homme qui l'avait plaquée sans ménagement.

— Je dois partir, dit-elle en se levant.

Encore un peu sonnée par le choc, elle vacilla quand elle fut debout, mais elle repoussa la main qu'il tendit vers elle pour la soutenir. Il fallait qu'elle parte d'ici. Elle avait besoin de réfléchir à la façon dont elle allait lui annoncer qu'il était père. Et c'était impossible avec le regard incisif qu'il dardait sur elle.

— Tu ne tiens pratiquement pas sur tes jambes, dit-il. Où habites-tu ? Laisse-moi te raccompagner chez toi.

— Non !

La véhémence de Georgie le prit de court, même s'il reconnaissait que la colère et la rancœur de la jeune femme étaient légitimes.

Bien qu'il ait définitivement tiré un trait sur leur histoire, quatre ans auparavant, il ne put s'empêcher de l'étudier attentivement. Elle n'avait vraiment pas changé. Elle possédait toujours ce charme subtil qui l'avait subjugué et maintenu captif. Elle n'était pas très grande et sa silhouette svelte, ses cheveux coupés court lui donnaient l'allure d'un jeune garçon. Dans son joli visage en forme de cœur, ses prunelles avaient une étonnante nuance de brun tacheté de vert.

Malgré ces grands yeux en forme d'amande qui le fixaient pleins de ressentiment, et ces lèvres pulpeuses et parfaitement dessinées frémissantes de colère, Abe sentit sa libido – depuis longtemps en hibernation – se réveiller. Déconcerté par cette réaction inattendue, il se leva et alla se planter devant la fenêtre. Tout en contemplant la pluie qui mouillait les trottoirs et les faisait briller sous la lumière des lampadaires, il se sermonna sérieusement.

Il n'allait pas rendre les choses plus compliquées en ravivant le passé.

Il n'en était pas moins vrai qu'elle restait la plus grande tentation à laquelle il ait été soumis. Le charme de Georgie était d'autant plus insidieux qu'il ne reposait pas seulement sur son apparence physique ; elle était très différente des femmes avec lesquelles il sortait jusque-là. C'était sa personnalité tout en contraste qui l'avait littéralement fasciné. Ce mélange de franc-parler et de réserve. Elle était intelligente et stimulante. Timide aussi, tout en étant capable de s'affirmer. Elle ne savait pas qui il était quand ils s'étaient rencontrés ; elle ne s'était pas sentie obligée de faire preuve de déférence à son égard, mais maintenant qu'elle savait, il n'avait pas l'impression que son attitude changerait pour autant.

À quoi bon le nier ? Elle l'avait profondément marqué. Beaucoup plus qu'aucune autre femme qu'il avait connue.

Était-ce parce que l'aventure torride qu'ils avaient vécue avait été sa dernière bouffée de liberté avant que son père tombe malade ? Malgré elle, Georgie était liée à ce moment où le cours de sa vie avait changé pour toujours.

— Reste encore un peu, dit-il finalement. Il faut que nous parlions.

Georgie fit taire son instinct qui lui conseillait de prendre ses jambes à son cou et déclara posément :

— Je dois rentrer chez moi.

— Je retourne au Qaram dans deux jours, une fois les derniers détails de l'acquisition réglés. La façon dont nous nous sommes quittés la dernière fois... J'aimerais clarifier un peu la situation.

Que pourrait-il bien lui dire qui « clarifierait » la situation ? C'est vrai que pour lui la situation était simple. Il ignorait qu'ensemble ils avaient créé une vie magnifique. Et que plus rien n'était simple.

Dans les jours et les semaines après la disparition d'Abe, Georgie avait peu à peu réalisé que les sentiments qu'elle éprouvait pour lui n'étaient pas réciproques. Aux yeux d'Abe, elle représentait une aventure sans lendemain. Une fois qu'elle avait admis cette triste réalité, leur relation lui apparut sous un jour nouveau et rétrospectivement les signaux qui auraient dû l'alerter lui semblèrent évidents. Ils n'étaient jamais entrés dans le détail de leurs vies, ils ne s'étaient jamais dit leurs noms de famille. Ils avaient vécu intensément le moment présent. Et cela lui avait convenu, jusqu'à ce qu'elle veuille davantage.

À présent, d'autres éléments venaient s'ajouter à la liste. Elle n'avait aucune idée où il vivait, car ils s'étaient toujours retrouvés dans l'appartement qu'*elle* louait. Elle avait supposé qu'il travaillait dans l'un des innombrables hôtels qui s'alignaient le long de la plage, parce qu'il ne l'avait jamais nié. Son air détaché et son assurance le faisaient paraître beaucoup plus mûr que les autres saisonniers qu'elle côtoyait, mais elle avait mis cela sur le compte du fait qu'il était étranger et qu'il avait sans doute été élevé différemment. Après son départ, elle s'était rendu compte qu'elle ignorait tout de lui.

Maintenant, toutes les pièces du puzzle se mettaient en place. Il était un prince et jamais il n'envisagerait d'avoir une véritable relation avec une jeune femme ordinaire comme elle.

D'ailleurs, pourquoi tenait-il à cette conversation ? Tant d'années après, les remords tardifs le poussaient-ils à se justifier ? Mais elle n'avait que faire de ses explications et elle aurait préféré être à mille lieues d'ici. La présence d'Abe lui était d'autant plus pénible que, chaque fois que ses yeux se posaient sur lui, elle ressentait cette puissante attirance purement sexuelle qu'il avait exercée sur elle dès qu'elle l'avait vu la première fois. C'était plutôt agaçant et embarrassant, mais sachant qu'elle n'y échapperait pas, elle se résigna à l'écouter.

Il s'était assis dans un fauteuil en face du canapé où elle avait repris place.

— Que leur as-tu dit pour qu'ils nous laissent seuls ? demanda-t-elle. Je n'ai pas envie que des rumeurs circulent sur mon compte. Tout le monde se connaît ici et les gens parlent.

— Je leur ai dit que ton malaise était probablement dû au surmenage occasionné par notre présence. Je me sens donc un peu responsable et c'est pour cela que je reste près de toi. C'est la moindre des choses. J'ai promis à ton patron que, dès que tu te sentirais mieux, je te ferais raccompagner chez toi. Je t'assure qu'il n'y aura aucune rumeur.

— Tu as toujours été très fort pour embobiner les gens.

— Je ne t'ai jamais embobinée. J'ai même failli te révéler ma véritable identité, mais j'ai renoncé. J'appréciais tellement ta compagnie que je ne voulais pas tout gâcher. Je sais, c'était égoïste, mais j'étais insatiable et je voulais te garder le plus longtemps possible.

— Et puis tu es parti sans me prévenir et sans te soucier de ce que ton départ me ferait, dit-elle, incapable de masquer son amertume. Maintenant que je sais qui tu es, je comprends mieux ton attitude. Je suppose que tu n'as pas imaginé un instant que je pouvais éprouver des sentiments, que je pourrais me sentir blessée d'avoir été utilisée comme un jouet par un gosse de riches avant d'être mise au rebut.

Abe se rembrunit en entendant le portrait peu flatteur qu'elle venait de dresser de lui.

— Nous avons tous les deux pris du bon temps. Notre aventure n'avait pas d'avenir et je pensais que tu l'avais compris.

Des larmes picotèrent les yeux de Georgie quand elle réalisa à quel point leur vision de ce qui s'était passé entre eux était diamétralement opposée. S'était-il servi d'elle ? Il n'en était apparemment pas conscient. Ils s'étaient tous les deux amusés, en attendant que leurs chemins se séparent et que chacun retourne à sa vie. Sauf qu'elle n'avait pas pu retrouver sa vie d'avant, car leur « aventure sans lendemain » avait eu des conséquences imprévues qui avaient fondamentalement changé le cours de son existence.

— La décence aurait été de me prévenir que tu partais, dit-elle froidement. Pourquoi ne l'as-tu pas fait ? Tu avais peur que je m'accroche ?

— J'ai… dû partir précipitamment.

Il s'était passé une main dans les cheveux et elle tira une satisfaction mesquine de ce signe de nervosité.

— Comme c'est commode ! Tu aurais pu m'envoyer

un SMS, mais ça ne t'est pas venu à l'idée non plus, visiblement. De toute évidence, tu es un homme qui obtient tout ce qu'il veut d'un simple claquement de doigts. Pourquoi aurais-tu pris la peine de me prévenir que tu me quittais ? Je t'ai cherché, tu sais. J'ai passé un temps fou à poser des questions et à la fin, j'ai laissé tomber.

En prononçant ces paroles, elle ne pouvait s'empêcher de penser à Tilly, la magnifique et innocente Tilly, fruit d'une relation qui n'avait jamais existé ailleurs que dans ses rêves.

— J'ai été rappelé d'urgence dans mon pays parce que mon père venait de faire une crise cardiaque, répliqua Abe. C'est vrai, j'aurais pu t'envoyer un message, mais à quoi bon ? Je devais partir et j'ai jugé préférable de couper les ponts complètement, sans discussions inutiles. Je savais que tu irais de l'avant.

Comme lui-même l'avait fait, de toute évidence, songea-t-elle avec une pointe de tristesse et de colère. Les gens allaient de l'avant après une liaison de vacances. Mais c'était toujours plus difficile quand votre cœur s'était retrouvé impliqué, comme cela avait été le cas pour elle.

— Ton père… il s'en est tiré ? demanda-t-elle.

— D'une certaine façon, oui. Mais dis-moi plutôt comment tu t'es retrouvée à travailler comme chef dans un hôtel, au lieu de poursuivre ton projet de vivre de ton art ? Je sais que tu travaillais déjà comme cuisinière à Ibiza, mais tu disais que c'était temporaire et que tu voulais devenir illustratrice.

Georgie n'était pas d'humeur à évoquer avec lui ses renoncements. Ses yeux se posèrent sur l'horloge et elle réalisa qu'il était temps pour elle de partir. Elle était consciente qu'elle devait lui annoncer qu'il avait une fille, mais… pas maintenant. Auparavant, elle devait mettre les choses au clair dans son esprit et surmonter la douleur d'avoir entendu de sa bouche qu'il l'avait abandonnée sans un regret.

— Les choses ne se sont pas passées comme je l'avais prévu. Mais pourquoi disais-tu que ton père s'était remis de son accident cardiaque « d'une certaine façon » ?

— Il est guéri, mais il n'est plus le même depuis.

Elle sentit qu'il était mal à l'aise d'aborder un sujet aussi personnel.

— Ne te sens pas obligé de répondre, si tu trouves mes questions trop personnelles, dit-elle d'un ton sarcastique.

— Il s'est retiré de la vie publique. D'où mon départ précipité. Je suis son successeur et c'était à moi de reprendre les rênes du pays pendant sa convalescence. Je n'imaginais pas que l'intérim se prolongerait indéfiniment. Mon père a décidé, en dépit de ce que lui ont assuré les médecins, que sa vie était terminée. Lui qui avait toujours été un homme plein d'énergie, il a perdu son entrain, et cela m'attriste. Mais c'est la vie… Là où je veux en venir, c'est que je devais partir immédiatement et je savais qu'il faudrait de toute façon mettre un terme à notre histoire.

— Je comprends… Merci pour tes explications, mais je dois y aller maintenant.

— Nous n'avons pas terminé ! Je veux savoir ce que tu es devenue. Tu ne m'as toujours pas dit pourquoi tu travaillais ici. Cet endroit perd de l'argent depuis des années. Tu dois t'en être rendu compte.

Elle haussa les épaules et détourna le regard pour lui signifier qu'elle n'avait pas envie de parler de ça.

— Pourquoi te trouvais-tu à Ibiza ? demanda-t-elle en passant du coq à l'âne.

— J'y étais venu pour quelques jours, pour acheter un hôtel. Je possède une chaîne, admit-il. En fait, notre rencontre a bouleversé mon agenda et à cause de toi, j'y suis resté trois semaines de plus qu'initialement prévu.

Elle préféra ignorer cet aveu qui ressemblait à un compliment, et répondre à la question qu'il lui avait d'abord posée.

— C'est vrai que les affaires vont très mal ici depuis un an. Mais c'est un endroit qui a une âme, même s'il est un peu délabré. J'imagine que tu vas tout refaire à neuf, effacer cette âme dont tout le monde se fiche, et les clients reviendront en masse… Je sais, je ne devrais pas dire ça, puisque tu es mon nouvel employeur dorénavant.

Dans d'autres circonstances, elle aurait déjà songé à donner sa démission, mais Abe aurait bientôt quitté l'Angleterre et il ne reviendrait pas de sitôt. Et elle avait besoin de ce travail.

— Et à ce titre, je me suis sérieusement plongé dans les comptes de l'hôtel. Je sais combien tu es payée et ce n'est pas faramineux… G. Curtis, chef cuisinier… Si j'avais connu ton nom de famille, j'aurais peut-être fait le rapprochement.

— Tu sais combien je suis payée ? Mais… Ça ne te regarde pas !

— Tout ce qui concerne les finances de cet hôtel me regarde depuis l'instant où j'ai décidé d'y investir de l'argent. Tu avais de grands projets, Georgie. Comment se fait-il que tu travailles dans un endroit comme celui-ci ? Oui, c'est un hôtel charmant, mais en matière d'évolution de carrière, tu as dû comprendre depuis un moment que c'était une impasse, non ?

— Je…, balbutia-t-elle.

À l'évocation de ses rêves d'une carrière d'illustratrice pour livres d'enfants, elle rougit violemment. C'était un milieu où il était difficile de se faire un nom, mais elle avait commencé à se constituer un réseau, avant… que Tilly ne vienne changer la donne. Elle savait parfaitement que finir comme chef n'était pas ce qu'elle avait espéré.

Elle avait honte et en même temps, elle avait honte d'avoir honte. Après tout, cuisiner était un métier passionnant et honorable qui lui permettait aussi d'exprimer sa créativité. Comme solution de repli, elle aurait pu trouver bien pire.

Ses pensées s'étaient remises en place maintenant que le choc s'était estompé. Au fond d'elle-même, n'avait-elle pas toujours su que ce moment arriverait inévitablement ? L'homme qui lui avait brisé le cœur, qui lui avait ôté sa foi en l'amour, réapparaîtrait comme une tempête qui bouleverserait de nouveau son existence.

À présent il la dévisageait avec une curiosité mêlée d'hésitation et paradoxalement elle lui en voulut de l'intérêt qu'il lui portait.

— J'aimerais vraiment savoir comment tu t'es retrouvée à travailler ici. De plus, j'aimerais t'expliquer les raisons de mon départ précipité. Laisse-moi t'inviter à dîner. Tu es plus mince que dans mon souvenir et j'ai l'impression qu'un bon repas te remplumera. Un dernier dîner, Georgie, avant mon départ. Je te laisse le choix du restaurant. Tiens, voici ma carte.

Georgie contempla un long moment la carte qu'il avait posée devant elle. Elle lut son nom, son numéro de téléphone. Les armoiries royales gravées en or sur le bristol crème.

— J'ai compris que tu ne voulais pas que je te raccompagne chez toi, puisque tu m'en veux toujours.

— Tu penses que ce n'est pas justifié ?

— Il y a toujours deux points de vue dans une histoire.

— Non, Abbas, parfois, il n'y en a qu'un seul.

— Dîne avec moi.

— Pour que tu puisses essayer de te donner bonne conscience ?

— Peut-être que moi aussi, je repense au passé et à ce qu'il y avait entre nous…

Georgie ignora la brusque accélération des battements

de son cœur. Ce n'était pas le moment de se comporter comme une midinette pathétique qui mourait d'envie de savoir à quelles pensées il faisait allusion. Lui avait-elle manqué comme lui-même lui avait manqué, malgré la façon cavalière dont il l'avait plaquée ?

Abbas s'était levé.

— Réfléchis-y, Georgie, reprit-il d'une voix pressante. C'est l'occasion de faire la paix et de nous séparer en bons termes.

Rien ne lui aurait fait plus plaisir que de déchirer la carte de visite sous son nez. Faire la paix autour d'un dîner ? S'imaginait-il qu'ils allaient ensuite se quitter avec une simple poignée de main ? Et peut-être un baiser sur la joue ? Il ne se doutait vraiment pas de la nouvelle qu'elle allait lui annoncer…

Quand il comprit qu'elle ne lui donnerait pas sa réponse tout de suite, il se dirigea vers la porte. Elle distingua brièvement les deux silhouettes massives de ses gardes du corps qui l'attendaient.

Elle attendit que la porte se referme sans bruit derrière lui pour prendre la carte posée sur la table basse. Cette carte lui aurait été bien utile, quatre ans auparavant… Mais aujourd'hui, elle la regardait comme une insulte, parce qu'elle lui avait été donnée par un homme arrogant qui avait pitié d'elle et qui voulait se faire pardonner sa goujaterie.

2.

Vingt-quatre heures plus tard, Georgie se présentait à la réception du palace où Duncan lui avait dit que le prince était descendu. Bien sûr, elle aurait pu demander directement son adresse à Abe, maintenant qu'elle avait sa carte de visite avec son numéro personnel, mais elle avait repoussé cette idée, car elle craignait que son courage ne l'abandonne en entendant sa voix grave aux intonations tellement séduisantes au téléphone. Mieux valait prendre le taureau par les cornes et se rendre à son hôtel, puisque, poussée par son sens moral, elle s'était décidée à lui dire la vérité.

Pour qu'il ne se méprenne pas sur ses intentions, elle s'était habillée comme pour un rendez-vous professionnel. L'hôtesse de l'air avait cédé la place à la cousine éloignée se rendant à des funérailles…, songea-t-elle dans un accès d'autodérision. Sous sa doudoune noire, elle portait une jupe sage à hauteur de genoux, un pull à col roulé et un cardigan, car il faisait froid, et des collants. Le tout en noir.

Quelques années auparavant, elle s'était préparée à cette entrevue qui s'annonçait comme la plus difficile de sa vie, mais elle avait fini par croire que ce moment n'arriverait jamais. À présent, ce n'était cependant pas tant l'annonce en elle-même qu'elle appréhendait, que les conséquences – quelles qu'elles soient – qui en découleraient inévitablement. Elle ne voulait surtout pas qu'Abbas débarque dans la vie de Tilly, la bouleverse, puis disparaisse de nouveau dans son royaume lointain, comme il avait fait avec elle. Pas une seconde elle n'envisageait que l'homme qui l'avait quittée sans un regard en arrière allait soudain être doué d'un sens aigu du devoir vis-à-vis d'une enfant qu'il n'avait pas désirée.

Elle ne se déroberait pas, foncièrement convaincue qu'Abbas avait le droit de connaître l'existence de Tilly, mais chaque fois qu'elle imaginait sa réaction à ses révélations, une sourde inquiétude montait en elle.

Abe s'apprêtait à téléphoner à son père quand un appel de la réception l'informa que Georgie Curtis souhaitait le voir.

Après avoir demandé qu'on la laisse monter, il se planta devant la baie vitrée qui offrait une vue splendide sur la City. L'obscurité zébrée par la pluie qui n'avait pas cessé de tomber depuis le milieu de l'après-midi donnait à la ville l'aspect d'un tableau impressionniste. Cette vision apaisa les battements de son cœur.

Elle était venue ! Il n'avait pas réalisé à quel point il était tendu depuis qu'il l'avait quittée. Bien sûr, il n'aurait pas insisté si elle avait décidé de ne pas donner signe de vie, mais il pouvait bien l'admettre maintenant : malgré l'antipathie compréhensible qu'elle ressentait pour lui, ne pas la revoir lui aurait laissé un goût amer.

Oui, il était parti. Il n'avait pas voulu d'adieux larmoyants ni de lamentations. S'il avait agi ainsi, c'est parce qu'il avait soupçonné qu'elle attendait plus de leur relation que ce qu'il pouvait lui donner. Or, si naître prince comportait d'indéniables privilèges, en contrepartie, il ne s'appartenait pas.

Quand il repensait à cet épisode hors du temps à Ibiza, il se rappelait seulement la mer, le soleil et Georgie… La passion dévorante qui les avait consumés était comme un aperçu de ce à quoi une vie normale pourrait ressembler. Il n'était pas du genre à désirer ce qui était hors de sa portée, mais il avait pleinement savouré ce sentiment grisant de liberté. Revoir Georgie des années après avait ravivé tous ces souvenirs.

Une chose le perturbait cependant. Pourquoi avait-elle renoncé à ses projets artistiques ? De toute évidence, elle n'avait pas envie de s'étendre sur la cause de cet échec.

Arriverait-il à regagner sa confiance et se confierait-elle à lui ce soir ? Il osait l'espérer.

Son besoin de retrouver leur ancienne complicité l'étonnait lui-même. Inconsciemment, il avait dû se sentir un peu coupable, toutes ces années, de l'avoir quittée aussi brutalement, et il voulait saisir cette opportunité de se rattraper.

Au souvenir de l'attitude de Georgie la veille, cependant, il eut un soupçon. Elle n'avait pas l'air disposée à lui pardonner. Il avait même cru qu'elle ne viendrait pas. Pourquoi avait-elle changé d'avis ? Et si parler n'était pas la seule raison qui l'avait poussée à venir ?

Une fois n'est pas coutume, il autorisa son esprit à vagabonder. Il se remémorait parfaitement la sensation de son corps féminin sous lui, si souple, si élégant et gracieux comme celui d'une ballerine. La beauté de Georgie n'avait rien de tapageur et pourtant la subtilité de son charme avait eu un effet puissamment addictif sur lui. La passion qui se cachait derrière cette façade de douceur et de timidité l'avait agréablement surpris.

Mais aussi désirable qu'ait été Georgie pour lui à une époque, il était fermement résolu à ne pas dépasser le stade de la conversation ce soir.

Elle lui avait déjà fait perdre la tête une fois, au point de négliger toutes ses obligations. Il n'avait pas l'intention de recommencer. Sa situation lui interdisait de se laisser guider par les caprices de l'émotion. De plus, il savait que l'amour pouvait causer autant de souffrances que de joie. La mort de sa mère l'avait terriblement éprouvé, mais son chagrin n'était rien en comparaison de la douleur de son père. Ce dernier ne s'était jamais vraiment remis de la disparition de la femme qu'il aimait à la folie. Très jeune, Abbas avait décidé qu'il ne laisserait jamais son cœur guider sa vie. C'est pourquoi il était convaincu qu'il avait rendu service à Georgie en la quittant. Il lui avait épargné la douleur de réaliser qu'il ne pourrait jamais l'aimer comme elle le méritait.

Le léger coup frappé à la porte qui annonçait l'arrivée de Georgie mit un terme à ses réminiscences et il alla lui ouvrir.

À son grand étonnement, ce fut Abbas lui-même qui ouvrit la porte gardée par les deux cerbères qu'elle avait déjà entrevus la veille. Sous l'effet de la surprise, sa belle assurance flancha. Ou était-ce la tenue décontractée du prince qui avait provoqué ce moment de flottement ?

Il portait un jean et un T-shirt noir à manches longues qui épousait son torse athlétique. Disparu, le costume strict taillé sur mesure de la veille. Il ressemblait beaucoup plus à l'homme de ses souvenirs, et en même temps, il ne lui ressemblait pas tant que ça.

Ce qui n'avait pas changé, en revanche, c'était l'effet qu'il produisait sur elle. Elle n'en revenait pas ! Comment pouvait-il toujours l'attirer autant ? Alors qu'il l'avait utilisée comme une chose à sa disposition, si insignifiante qu'il n'avait pas jugé nécessaire de la prévenir quand il était parti.

— Tu n'as pas l'air surpris de me voir, dit-elle de but en blanc.

Devant cette entrée en matière assez brusque, il se contenta de hausser un sourcil narquois.

— Veux-tu te donner la peine d'entrer avant que nous entamions cette conversation ? demanda-t-il.

Il s'écarta et Georgie profita lâchement de ce qu'elle devait passer devant lui pour se griser de son parfum.

— Tu peux enlever ta veste, Georgie. Je déteste le froid ; le chauffage est au maximum.

Avec une pointe de ressentiment, elle songea qu'il était toujours aussi beau. Son corps athlétique, ses yeux magnifiques aux reflets dorés, les traits de son visage, ciselés à la perfection, son assurance... tout en lui trahissait son origine aristocratique.

Après avoir ôté sa doudoune, elle eut un instant d'hésitation avant de prendre le verre de vin qu'il lui tendait.

— Je ne suis pas excessivement surpris de te voir, admit-il. Cela dit, je m'attendais à un coup de fil avant. J'aurais eu le temps de réserver une table dans un restaurant. Si tu es bien venue pour dîner...

Son regard luisait d'une intensité indéchiffrable qui la troubla. Que sous-entendait-il ? Il dut regretter l'ambiguïté de ses paroles, car il ajouta :

— Le *room-service* est excellent. Tu as envie de quelque chose en particulier ? Demande-le, ils se débrouilleront pour te l'apporter.

— La vie de prince comporte quelques avantages... Mais peu m'importe, commande ce que tu veux, tout m'ira.

— OK.

Il se dirigea nonchalamment vers le téléphone et passa commande. Georgie n'entendit pas l'échange assez bref qu'il eut avec la personne à l'autre bout du fil. Elle s'en voulut d'être troublée simplement parce qu'elle était seule avec lui dans sa suite. Dans l'espoir de se donner une contenance, elle parcourut la pièce du regard. Quelle débauche d'espace et de raffinement ! Il fallait être très riche pour pouvoir s'offrir tout ce luxe. Le salon était immense, avec de vastes canapés de cuir. Elle devinait que les innombrables portes devaient donner sur autant de pièces supplémentaires. Tout, des murs aux rideaux, était dans des tons de blanc cassé.

Quand il eut raccroché, Abbas alla s'asseoir sur l'un des canapés. Il leva son verre vers elle, avant de boire une gorgée.

— Ainsi, tu es venue…, dit-il d'une voix légèrement traînante. J'en suis heureux. Depuis que je t'ai revue, je suis curieux de savoir ce que tu es devenue. Raconte-moi ce que tu as fait durant tout ce temps.

Son verre à la main, elle le rejoignit et s'assit dans l'un des fauteuils immaculés en face de lui. Dans ce cadre au luxe inouï, elle était particulièrement consciente du fossé qui les séparait. Ce lieu était à l'image d'Abbas, sophistiqué et élégant. Il était dans son élément. Elle, en comparaison, se sentait déplacée et mal à l'aise.

— Que s'est-il passé ? demanda-t-il. Quand je t'ai rencontrée, tu étais tellement enthousiaste à l'idée de devenir illustratrice. Et tu étais douée. Je me souviens des esquisses que tu faisais tout le temps.

— Ce qui est arrivé ? La vie, tout simplement.

Abe acquiesça d'un air bienveillant et elle rongea son frein. Pour l'instant, elle préférait ne pas en dire davantage.

— La vie nous impose effectivement parfois des choix différents de ceux que nous aurions voulus. Pour ma part, je n'imaginais pas que mon père tomberait brusquement malade, pas plus que je ne m'imaginais devoir prendre les rênes de mon pays aussi jeune, mais comme tu dis, la vie « arrive » et nous devons nous adapter. N'empêche que la cuisine n'a rien à voir avec les arts graphiques, ce sont deux univers complètement différents… C'est ton expérience comme cuisinière à Ibiza qui t'a fait abandonner tes projets initiaux ?

— C'est plus compliqué que ça. À mon retour, je ne

pouvais plus me permettre de me consacrer à plein temps à la recherche de contrats. C'est vrai, j'avais quelques contacts, mais ce n'était pas suffisant. J'aurais eu besoin de plus d'argent pour pouvoir subsister en attendant de pouvoir vivre de mon art.

— Je comprends…

— Je ne te l'ai jamais dit, mais à l'origine, j'étais venue à Ibiza pour me remettre de la mort de mon père.

Elle comprit pourquoi son aveu sembla le surprendre. Quand ils sortaient ensemble, elle s'était davantage confiée que lui, mais le sujet de la mort de son père était encore trop douloureux pour qu'elle l'aborde à ce moment-là.

La mère de Georgie était morte quand elle était très jeune. Trop jeune pour se souvenir d'elle, en fait. Son père, qui était pasteur, avait été le pilier de son existence. Il ne s'était jamais remarié et personne ne lui avait disputé son affection. Ils avaient toujours été très proches. Il était un homme très doux, doté d'un fort sens moral, et Georgie avait toujours fait son possible pour ne pas le décevoir. Elle travaillait bien à l'école, puis à l'école d'art, consciente des espérances paternelles, sans pour autant qu'elles lui pèsent.

Que penserait-il de sa situation présente ? Il devait se retourner dans sa tombe.

— J'avais besoin de couper les ponts, de m'éloigner pendant quelque temps, poursuivit-elle. Je voulais m'immerger dans un style de vie qui… m'aiderait à oublier.

Abe l'écoutait attentivement. Il avait toujours été un merveilleux confident. Sous ses airs de play-boy il savait écouter. Cette qualité l'avait particulièrement séduite à un moment où elle était triste et vulnérable. Grâce à l'intérêt qu'il semblait lui porter, elle avait retrouvé goût à la vie. Quand elle s'était enfin sentie prête à lui révéler cette blessure encore béante… il avait disparu.

— Je suis désolé, murmura-t-il. J'aurais aimé que tu me le dises à l'époque.

— Qu'aurais-tu fait ? Tu aurais compati pendant cinq minutes avant de disparaître dans la nature ?

Une douleur ancienne l'avait brusquement envahie. Elle détourna nerveusement le regard.

— Ça n'a pas d'importance. Après la mort de mon père, j'avais besoin de m'éloigner du village où j'avais grandi, où tout le monde connaissait tout le monde. Ça m'était devenu insupportable. Toute cette gentillesse, cette sympathie… la pitié parfois. J'appréciais que les gens se préoccupent de moi, mais j'avais besoin de m'échapper. Grâce à l'argent que papa m'avait laissé, j'ai pu louer cet appartement à Ibiza. Quand je suis rentrée en Angleterre, il m'en restait juste assez pour m'acheter un petit appartement. Mais mes économies ne me permettaient pas de mener grand train en attendant de percer comme illustratrice. C'est un milieu où il y a beaucoup d'appelés et peu d'élus. J'ai préféré m'assurer un toit sur la tête.

Consciente que le moment était venu de se jeter à l'eau et de dire ce pour quoi elle était venue, elle prit une profonde inspiration. Elle eut honte du soulagement qu'elle éprouva quand Abbas parla, repoussant de quelques instants l'inévitable.

— À la mort de ton père ton monde s'est disloqué, dit-il avec sa clairvoyance habituelle. Tout comme la crise cardiaque de mon père a fait dévier le cours de ma vie, tel que je l'envisageais. Nos situations sont assez similaires, tu ne trouves pas ?

En dépit des quelques remarques acerbes de Georgie, la tonalité de leur conversation rappelait à Abe à quel point leur relation avait été facile. Avec une pointe de nostalgie, il se souvint que la jeune femme ressortait au milieu de la faune d'Ibiza, essentiellement composée de fêtards invétérés. Il comprenait mieux pourquoi à présent. La première fois qu'il l'avait vue, c'était parce qu'il avait insisté auprès du maître d'hôtel du restaurant pour féliciter le cuisinier, car il avait trouvé la paella excellente. Elle avait rougi quand il l'avait complimentée, et il s'était amusé de son embarras.

Leur liaison s'était révélée exceptionnellement agréable, au point qu'il avait oublié à plusieurs reprises qu'elle était vouée à se terminer bientôt. Et malgré l'affection et l'estime qu'il éprouvait pour Georgie, il était parti sans un regard en arrière, et il l'avait profondément blessée.

— Je ne m'attendais pas à ce que mon père ait un infarctus, avoua-t-il. Il a toujours été une force de la nature. La seule fois où je l'ai vu flancher, c'est après la mort de ma mère. J'ai reçu un choc quand je l'ai vu à mon retour au Qaram.

Il s'interrompit, avant d'ajouter d'une voix qu'il aurait voulue plus ferme :

— Je pensais agir pour le mieux, Georgie.

— Le mieux pour toi, tu veux dire, rétorqua-t-elle, impitoyable.

— Pour nous deux. Je ne voulais pas te faire souffrir. Reconnais que je ne t'ai jamais rien promis.

— Je ne dis pas le contraire.

— Ma vie était tracée d'avance. En tant que fils unique, j'ai été élevé pour succéder à mon père. Il est d'usage dans ma famille de faire des mariages arrangés au gré des exigences politiques ou diplomatiques. Cette tradition n'a pas empêché mon père d'être très heureux avec ma mère. Il a tiré les leçons de la vie dissolue de son propre père. Mon grand-père avait de nombreuses maîtresses et il a fini par en épouser deux. Il était incapable de se contrôler et le pays a souffert de son dilettantisme. Les investissements vitaux en infrastructures n'ont pas été faits, l'économie tournait au ralenti, l'argent public était gaspillé et nous avons perdu de notre influence au niveau international. Il a fallu des années pour redresser la situation et c'est grâce à mon père et à sa politique que nous y sommes parvenus. Contrairement à son père, il eut le bon sens de ne pas avoir une vie privée dissolue. Il a fait un mariage de convenance avec une femme qui savait quel serait son rôle. L'amour est venu en plus, mais c'est l'intérêt du pays qui a présidé à son choix quand il s'est agi de se marier. Pour ma part, j'ai toujours su que je suivrais le même chemin que lui. Si je t'ai laissée croire que les choses pourraient devenir plus sérieuses entre nous, alors je te demande de m'en excuser aujourd'hui.

— Tu ne m'as rien laissée croire, répliqua-t-elle. C'est moi qui ai pris notre relation trop au sérieux.

— Tu es une romantique. Contrairement à moi. Et je ne le serai jamais.

— Tu me l'as clairement fait comprendre.

— Ce qui ne signifie pas que je n'éprouve aucune émotion. Comme je te l'ai dit, j'ai beaucoup apprécié ce que nous avons vécu et après ce que tu m'as dit... Je comprends qu'il était difficile de choisir entre une maison et une carrière.

— Je n'ai pas besoin de ta pitié, Abe, le coupa-t-elle sèchement.

— Ce n'est pas ce que je t'offre. Ne confonds pas la pitié avec la sympathie. Je sais que tu m'en veux, mais si nous avions eu cette conversation il y a quatre ans, penses-tu que la séparation en aurait été rendue plus facile ? Si tu m'avais parlé de ton père ? Si je t'avais dit qui j'étais réellement, et que notre relation n'avait pas d'avenir ? Je ne crois pas dans la sagesse rétrospective et je suis heureux que nous ayons pu en discuter finalement.

Si elle avait connu sa véritable identité dès le départ, elle serait partie en courant ! Elle était peut-être vierge quand elle l'avait rencontré, mais elle n'était pas complètement idiote. Elle se serait tout de suite doutée que leur relation n'irait nulle part.

Prise par leur discussion, elle avait complètement oublié qu'il avait commandé le dîner, aussi fut-elle surprise quand on frappa à la porte et qu'un serveur en uniforme apparut, poussant un chariot surmonté de cloches en argent.

Quand ils passèrent à table, elle fut cependant incapable de faire honneur au festin chinois. Malgré l'odeur délicieuse qui s'en dégageait, la nourriture avait un goût de carton dans sa bouche. Comment aurait-elle pu savourer un repas alors que son estomac était complètement noué à la pensée de ce qu'elle devait annoncer à son compagnon ?

— Tu ne pensais pas me revoir un jour, Abe, mais c'est arrivé. Peut-être que tu te sens coupable de la façon dont ça s'est terminé… C'est pour ça que tu m'as invitée à dîner, avant de disparaître de nouveau à l'autre bout du monde ?

De nouveau. Georgie n'oublierait jamais. La façon dont il l'avait quittée en disait beaucoup sur l'homme qu'il était. Programmé pour finir avec un type de femme déterminé. Et elle ne correspondait pas à ce type. Elle n'y correspondrait jamais.

— Pourquoi devrais-je me sentir coupable ? demanda-t-il. Je t'ai expliqué mes raisons.

— J'ai l'impression que nous pouvons discuter ainsi en rond indéfiniment sans que cela nous mène nulle part… Or si je suis venue ce soir, c'est pour une raison bien précise. Pas pour que tu me présentes des excuses, dont je n'ai d'ailleurs pas besoin. Ce qui est arrivé est arrivé.

Malgré le détachement qu'elle affichait, Georgie n'avait jamais haï quelqu'un comme elle le haïssait en cet instant. Elle le détestait d'avoir disparu, d'avoir volé son cœur, de réapparaître et de faire comme si ce qu'ils avaient vécu était sans importance, de l'inviter à dîner dans le but de laver sa conscience. Et par-dessus tout, elle s'en voulait de n'avoir pas vu ce qui sautait aux yeux, quand elle l'avait rencontré : ils n'évoluaient pas du tout dans la même division. Tout en lui respirait l'aisance, la sophistication que confèrent une immense fortune et le pouvoir. À sa décharge, elle reconnaissait qu'elle-même s'était sentie une personne différente à Ibiza, pas la fille ordinaire qu'elle avait toujours été. Mais si elle avait pris deux minutes pour y réfléchir, elle aurait su qu'il ne resterait pas avec elle pour toujours.

— Tu te demandais pourquoi j'avais renoncé à me lancer dans une carrière artistique, reprit-elle. Je t'ai expliqué que c'était une voie semée d'embûches. J'aurais cependant pu chercher une solution, mais je n'ai pas eu d'autre choix, en fin de compte. La vie avait d'autres plans pour moi. Car vois-tu, j'ai découvert que j'étais enceinte.

— *Enceinte* ?

Visiblement estomaqué, il baissa les yeux sur son ventre. Puis il éclata d'un rire nerveux.

— Enceinte ! Dans ce cas, je comprends que tes plans aient été bouleversés. Et… le bébé ? ajouta-t-il après une brève hésitation.

— C'est une fille. Je l'ai appelée Matilda.

— C'est joli. Et le père ?

Abe ne parvenait pas à détacher son regard du visage de Georgie, et il sentait une curieuse vague d'émotion le submerger à la pensée de Georgie avec un autre homme. Un autre homme qui la caressait… qui lui faisait l'amour… et dont elle avait porté l'enfant.

Troublé par ces émotions aussi inattendues qu'inappropriées, il changea de position. Que lui arrivait-il ? Le passé était le passé, même Georgie en était convenue. Il n'avait pas à être jaloux parce qu'elle avait rencontré un autre homme. Et cette attirance purement sexuelle qu'il éprouvait encore pour elle était ridicule. Il ne pouvait cependant pas nier que le simple fait de la revoir avait ravivé des souvenirs sur lesquels il croyait avoir tiré un trait.

La situation lui paraissait complètement irréelle à présent. Pourquoi Georgie ne répondait-elle pas ? Sa main tremblait quand elle sortit son portefeuille de son sac à main et qu'elle lui tendit une photo.

— Tilly a un peu plus de trois ans. C'est elle.

— Elle est très jolie, fit-il remarquer.

Il posa la photo devant lui sur la table et leva les yeux vers Georgie, intrigué. Quel était ce charme mystérieux que possédait la jeune femme et qui l'empêchait de refermer complètement la porte sur leur liaison passée ?

— Mais j'avoue que je ne comprends pas où tu veux en venir, ajouta-t-il.

Et l'expression indéchiffrable de Georgie ne l'aidait pas à y voir plus clair. Elle semblait attendre une réaction de lui, mais laquelle ? De toute évidence, elle n'était pas venue pour dîner, ni pour échanger des nouvelles avec lui. La soirée prenait une tournure totalement imprévue.

À moins que… L'idée qui l'avait fugitivement effleuré quand elle s'était fait annoncer lui revint à l'esprit. Était-elle venue dans l'espoir de ranimer la passion qui avait existé entre eux en jouant la carte de la froideur pour exciter son désir ? Ce n'était pourtant pas le genre de Georgie. La jeune femme dont il se souvenait était foncièrement honnête, dénuée de ruse. Mais les gens changeaient, surtout quand l'amertume les gagnait. Avait-elle deviné le trouble qu'elle provoquait en lui ? Quoi qu'il en soit, il allait devoir lui faire comprendre que leur relation était bel et bien terminée, quitte à se montrer brutal.

— Je ne vois pas d'alliance à ton doigt, dit-il. Le père s'est fait la malle ?

— Je ne porte pas d'alliance pour la simple raison que je ne suis pas mariée, dit-elle d'une voix à peine audible.

Puis elle secoua la tête, et lança d'un ton excédé :

— Tu ne comprends vraiment pas, n'est-ce pas ?

— Que dois-je comprendre ?

— Tu l'as probablement oublié, mais j'ai eu une gastrite quand nous… sortions ensemble. Causée par quelque chose que j'avais mangé.

Soulagé qu'elle ait bifurqué vers un sujet plus inoffensif, Abe sourit.

— Des sardines… Je t'avais déconseillé d'y toucher. Il faut toujours se méfier du poisson vendu sur la plage. Tu as été malade pendant deux jours.

— Je suis surprise que tu t'en souviennes.

— Je me souviens de chaque instant que nous avons passé ensemble, avoua-t-il, étonné de découvrir ce fait.

Quand il leva les yeux, il vit qu'elle avait rougi et que ses narines palpitaient légèrement, comme si elle avait du mal à respirer, et soudain l'atmosphère entre eux changea. Cette fois, la tension était purement sexuelle. Ses sages résolutions d'ignorer l'alchimie qui existait toujours entre eux fondirent comme neige au soleil sous l'effet du désir. Il changea de position en priant pour que son érection soudaine ne se voit pas. Bon sang ! Où était passé son sang-froid légendaire ?

Cependant, sans qu'il s'en rende compte, il s'était imperceptiblement penché vers elle, tandis qu'elle – peut-être aussi inconsciemment ? – s'était aussi avancée.

— Georgie…

— Non, Abe.

— Non quoi ?

— Ne me regarde pas comme ça.

Leurs regards s'étaient accrochés et Georgie se retrouva projetée dans le passé. Elle se souvenait avec une acuité incroyable de la première fois où il l'avait touchée. Elle avait eu la sensation que tout son corps s'éveillait à la vie, comme après une longue hibernation. Comme la Belle au bois dormant après le baiser du prince… À la seule différence que son conte de fées n'avait pas eu de happy end. Tout avait pourtant si bien commencé… Elle s'était enfuie à Ibiza pour se consoler et elle y avait trouvé l'amour. À moins que ce ne soit l'amour qui l'ait trouvée ? Car elle ne l'avait certainement pas cherché.

Elle aurait voulu détourner la tête, mais elle était comme tétanisée. Le souvenir était si vivace que la pointe de ses seins se dressa. Son regard se fixa sur les lèvres sensuelles de son compagnon. Ces lèvres qui avaient exploré chaque parcelle de son corps, éveillant un désir brûlant dont elle ignorait qu'il sommeillait en elle. Elle s'était toujours demandé pourquoi il avait jeté son dévolu sur elle alors qu'il aurait pu avoir n'importe quelle femme, mais elle n'avait jamais douté du désir puissant et instantané qu'elle éprouvait pour lui.

Désarçonné par la réponse viscérale qu'elle déclenchait en lui et furieux de son incapacité à contrôler son désir, Abe baissa les yeux. Elle n'était de retour dans sa vie que depuis une heure et déjà il aspirait à des choses impossibles !

— Pourquoi es-tu venue ce soir, Georgie ? demanda-t-il d'une voix douce. J'ai compris à quel point je t'avais blessée en partant sans explications. Mais tu sais que de toute façon j'aurais dû partir, n'est-ce pas ? Tu n'espères quand même pas que nous allons renouer ? Je ne peux pas changer le passé ni le présent, et je n'ai aucun pouvoir sur l'avenir. Je dirige un royaume et toi, tu as une fille dont tu dois t'occuper…

— Tu es fou ! Je me doute bien que si tu ne pouvais pas envisager une relation avec moi quand j'étais jeune et libre, tu le pourrais encore moins aujourd'hui que j'ai un enfant. Et de toute façon, tu n'aurais jamais imaginé avoir une relation sérieuse avec moi parce que je viens d'un milieu trop modeste pour toi. C'est pour cela que ça ne t'a pas gêné de me quitter sans même me prévenir.

Elle poussa un soupir d'exaspération.

— Mais peu importe. Je voulais te le dire, mais je ne t'ai pas retrouvé. Et si je suis venue ici ce soir, c'est parce que j'estime toujours que je dois te le dire. C'est la chose décente à faire.

— Décente ? De quoi parles-tu ?

— Contrairement à ce que tu sembles penser, je ne nourris pas l'espoir de te séduire alors que tu m'as plaquée il y a quatre ans. Je suis venue pour t'annoncer que tu es père.

Le silence s'éternisa, puis il secoua la tête.

— Désolé, mais je crois que je n'ai pas bien entendu.

— Tu as parfaitement bien entendu, Abe ! Je suis venue pour t'annoncer qu'il y a quatre ans, nous avons conçu un enfant. Tilly est ta fille.

— Non ! C'est impossible…

À l'instant où les mots franchissaient ses lèvres, il savait que non seulement c'était possible, mais que c'était vrai. Jamais Georgie ne lui mentirait à ce sujet. L'estomac noué, il chercha du regard la photo qu'il avait posée sur la table. À y regarder plus attentivement, il réalisait que Tilly lui ressemblait beaucoup. Les mêmes cheveux noirs, les mêmes yeux sombres et le même teint cuivré. Elle était incroyablement belle et son cœur se serra. En même temps, l'embarras l'envahit. Georgie devait l'avoir trouvé complètement idiot d'avoir imaginé qu'elle s'était jetée dans les bras d'un autre homme dès l'instant où lui-même était parti. Distrait par la jalousie, il n'avait pas vu ce qui sautait aux yeux.

— La gastrite a diminué l'efficacité de la pilule, reprit-elle quand il devint évident qu'il avait momentanément perdu l'usage de la parole. Il paraît que ça arrive fréquemment. Après ton départ, j'ai fait un test et je suis restée encore un peu à Ibiza. Mais quand j'ai compris que tu ne reviendrais pas, et sachant que j'étais enceinte, je ne voyais pas de raison de rester plus longtemps ; je suis rentrée en Angleterre et j'ai commencé à réorganiser ma vie.

— Je n'en reviens pas que… ce soit la première fois que j'entends parler de ça, dit-il d'une voix hachée.

— Je n'ai pas réussi à te retrouver.

— Je… *Quatre ans*… Cela fait quatre ans…

Il avait conscience qu'il se répétait, mais il n'était tout simplement pas capable d'aligner une phrase cohérente.

— Tu doutes qu'elle soit de toi ? Eh bien, j'ai dit ce que j'avais à dire et peu m'importe que tu me croies ou pas.

Sur ces mots, elle se leva et, d'un pas rapide, elle se dirigea vers la porte de la suite, attrapant sa veste au passage, visiblement inconsciente qu'il lui avait emboîté le pas.

— Tu ne peux pas m'annoncer… *une telle nouvelle* … et puis t'enfuir ! protesta-t-il quand il l'eut rattrapée.

Georgie s'arrêta et lui fit face. Ses yeux brillaient d'émotion et de ressentiment mêlés.

— Tilly a trois ans et trois mois, répliqua-t-elle. Tu as disparu il y a quatre ans et un mois. Je te laisse faire le calcul. Et si tu doutes toujours… Eh bien, ça m'est égal ! Je ne te demande rien et je n'attends rien de toi. Je ne suis pas stupide *à ce point*. Je pensais que tu devais le savoir et maintenant tu le sais. À présent, tu peux retourner à tes occupations princières…

3.

— Où vas-tu ?

Il se planta devant elle et croisa les bras. Un mètre quatre-vingt-dix de muscles lui barrait le passage. Elle devait reconnaître qu'il était impressionnant, mais elle ne se démonta pas.

— Où veux-tu que j'aille ? Je rentre chez moi !

— Il n'en est pas question. Tu ne peux pas lâcher cette bombe et t'en aller ! Nous n'avons pas terminé cette conversation.

— Qu'y a-t-il à ajouter ?

— Ne sois pas naïve, Georgie.

Elle eut un petit rire nerveux.

— Naïve ? Crois-moi, si je l'ai jamais été, c'était fini à la seconde où j'ai découvert que j'étais enceinte. Du jour au lendemain, je suis devenue réaliste et pragmatique. Tu penses que je veux te faire endosser la paternité d'un enfant qui n'est pas le tien ? Si tu me connaissais, tu saurais que je ne te mentirais jamais sur un sujet comme celui-ci.

Effectivement. Il en était convaincu. Mais il avait tout simplement du mal à se remettre du choc qu'il venait de recevoir. Il était père !

Bien sûr, il avait toujours eu l'intention d'avoir des enfants un jour, mais ce n'était pas sa priorité pour le moment. Quatre ans auparavant, il avait dû prendre la relève de son père et depuis, accaparé par ses obligations, il n'avait effleuré que par intermittence l'idée de se marier et de produire des héritiers. On lui avait pourtant présenté plusieurs femmes qui auraient parfaitement convenu, dont une avec laquelle il était sorti, deux ans auparavant.

Il avait toujours repoussé l'échéance, refusant d'agir avec précipitation. Il se marierait quand il jugerait le moment venu, avec la femme adéquate qu'il aurait choisie. Mais l'annonce de Georgie bouleversait son programme.

Abbas avait grandi convaincu que pour bien gouverner il fallait garder la tête froide en toutes circonstances. Il savait trop bien comment les choses pouvaient imploser quand les émotions prenaient le pas sur la raison chez un dirigeant. Il avait assisté au naufrage de son père quand sa mère était morte d'un cancer, et il avait fait le serment, encore enfant, qu'il ne tomberait jamais amoureux. Cependant, une émotion viscérale avait explosé en lui quand Georgie lui avait annoncé qu'ils avaient conçu un enfant ensemble, une petite fille parfaite. Cette réaction était en totale contradiction avec le comportement toujours froid et calme dont il s'enorgueillissait. Il devait admettre qu'il ne maîtrisait pas tout. Quand la nouvelle l'avait percuté, quelque chose s'était fendu en lui et il cherchait désespérément le moyen de colmater – ne serait-ce que provisoirement – la brèche avant qu'elle ne devienne trop profonde. Mais ce n'était pas le moment de chercher à analyser ces sentiments troublants ! Cette affaire requérait toute son attention.

Son désarroi n'avait pas échappé à Georgie.

— Tu es en état de choc, déclara-t-elle.

— C'est un euphémisme, reconnut-il.

— J'imagine ce que tu ressens. Tu aimerais penser que j'ai inventé cette histoire, ou tu aurais sans doute préféré que je me taise, parce que… un enfant, dans ces conditions… est la dernière chose dont tu as besoin, mais je ne pouvais pas me taire. Pour toi et pour Tilly. Cela n'aurait pas été bien de te cacher l'existence de ta fille, même si tu décides de ne rien faire à son sujet.

— Non ! À aucun prix je n'aurais préféré que tu ne me dises rien, protesta-t-il.

Il passa une main fébrile dans ses cheveux et il la regarda sans vraiment la voir. Son cerveau tournait à plein régime et ce qui se dessinait dans son esprit, c'était un avenir dont il essayait d'entrevoir les conséquences pour son pays et pour lui-même. Il était sincère quand il disait qu'il n'aurait pas voulu qu'elle lui cache la vérité. Son avenir tout tracé venait de voler en éclats, mais il était incroyablement heureux d'être père, et il était impatient de rencontrer sa fille.

— Je t'assure que je te crois quand tu me dis que cet enfant est de moi, dit-il d'une voix qui avait retrouvé son calme et son autorité habituelle. Mais un test ADN sera quand même une formalité nécessaire. Dès que nous l'aurons, nous pourrons avancer.

Il hésita un instant puis, après s'être éclairci la gorge, il dit :

— La photo… Je voudrais la revoir.

Après la remarque sur le test ADN, sa demande la désarçonna. Elle scruta le visage d'Abbas, mais son expression était indéchiffrable. Elle sortit de nouveau la photo de son portefeuille et la lui tendit. Cette fois, il la regarda vraiment. Mais quand il eut fini de l'étudier, le regard qu'il leva sur elle ne trahissait aucune émotion.

— Demain je prendrai rendez-vous pour le test ADN, dit-il d'un ton sans réplique. Fais en sorte de te rendre disponible, avec… Matilda. Je t'enverrai personnellement un SMS pour te donner les détails. Si tu veux bien me donner ton numéro.

Elle réprima son premier réflexe qui était de lui interdire de prendre ses airs autoritaires avec elle. À quoi bon gaspiller de l'énergie dans une bataille perdue d'avance ? Elle préférerait garder ses forces pour des combats plus essentiels, car elle commençait à entrevoir les suites possibles de sa révélation. Bardée des meilleures intentions du monde, elle était montée à bord d'un wagon pour un tour sur les montagnes russes. Elle réalisait seulement maintenant qu'elle ignorait jusqu'où ce wagon irait, et à quel moment elle en serait éjectée.

Mais pendant que durerait le trajet, il n'y avait aucune raison de s'inquiéter, voulut-elle se rassurer. Quoi qu'il arrive, qu'il soit prince ou roi, elle, en tant que mère de Tilly, aurait toujours le dernier mot.

Le lendemain, elle ne mit pas Tilly à la crèche, elle donna un prétexte pour ne pas aller travailler et elle attendit la visite du médecin envoyé par Abe.

Elle avait reçu un SMS à 6 heures du matin qui lui indiquait le déroulement de la journée. Le message, par sa sécheresse, n'avait rien de romantique ni de rassurant. Abe s'était contenté de lui transmettre des informations pratiques, avant de l'informer qu'il reprendrait contact avec elle à 21 heures, heure à laquelle il aurait reçu les résultats du test.

Il ne lui laissait aucun choix et elle avait de plus en plus de mal à se convaincre qu'elle maîtrisait quoi que ce soit.

Elle était déjà en pyjama quand son téléphone vibra à 21 heures tapantes.

J'ai les résultats. Il faut que nous en parlions. J'arrive dans une demi-heure. Dis-moi où tu habites.

Tu ne peux pas débarquer comme ça à 9 heures du soir !

Pourquoi ? Tu es avec quelqu'un ?

Non, mais j'ai un enfant, dois-je te le rappeler ?

Je pense que cette situation doit être discutée de façon urgente. Donne-moi ton adresse.

Consternée par la tournure que prenaient les événements et consciente que tout s'accélérait, elle donna son adresse à contrecœur, puis elle fit un crochet par la chambre de sa fille avant d'aller se changer.

Tilly dormait profondément, roulée en boule sous sa couette, dont un pied dépassait. Georgie s'arrêta quelques instants pour contempler sa fille, et s'attendrit devant tant d'innocence. Puis elle recouvrit le petit pied, caressa les boucles noires, avant de doucement refermer la porte de la chambre derrière elle.

Elle eut à peine le temps d'enfiler un vieux jean et un pull quand son téléphone sonna. C'était Abe qui annonçait son arrivée.

Bien qu'il n'y ait jamais eu le moindre doute quant au fait qu'il était le père de Tilly, elle n'en était pas moins nerveuse quand elle lui ouvrit la porte. Il s'engouffra dans l'appartement comme une bourrasque d'énergie. Quand elle eut refermé la porte derrière lui et qu'elle lui fit face, elle constata que, par sa seule présence, il faisait paraître son appartement plus petit.

Certes, l'endroit n'était déjà pas très grand. Elle l'avait acheté parce qu'il se situait dans un quartier agréable, surplombant la Tamise, où elle se sentait en sécurité avec un petit enfant. De plus, il y avait suffisamment de jardins publics dans les environs pour que sa fille puisse jouer en plein air.

— Je veux voir ma fille, dit-il sans ambages.

Elle aurait voulu voir son expression quand il prononça « ma fille », mais il avait légèrement baissé les yeux.

— Elle dort.

— Je n'ai pas l'intention de la réveiller.

Elle n'allait pas lui refuser de voir Tilly. Elle s'écarta de la porte contre laquelle elle s'était appuyée et passa devant lui pour le conduire dans la chambre de la fillette.

Elle s'écarta et, à la faible lumière venant du couloir, elle le regarda s'approcher lentement du lit avant de se pencher dessus.

À quoi pensait-il en cet instant ? Il veillait scrupuleusement à ce que personne ne le sache. Il avait été brutalement mis devant le fait accompli et elle supposa qu'il essayait probablement de limiter les dégâts.

— Je suis désolée, dit-elle quand ils furent de retour dans la cuisine.

De toutes les fibres de son corps, elle était consciente de sa présence masculine. Tandis qu'elle préparait du café, alors qu'elle lui tournait le dos, elle l'entendit tirer une chaise, puis s'asseoir. Il avait posé son manteau en cachemire beige sur le dossier d'une chaise et quand finalement elle se tourna pour lui donner sa tasse, elle ne put s'empêcher de penser que ce manteau détonnait dans sa cuisine où régnait un joyeux désordre, comme seul pouvait en causer une fillette pleine de vie. Tout comme Abbas lui-même d'ailleurs.

Assis l'un en face de l'autre à la petite table blanche, ils avaient l'air de deux adversaires se préparant au combat de chaque côté du ring.

Malgré cette tension, elle ne regrettait pas d'avoir appris à Abbas l'existence de sa fille. Elle le devait à Tilly.

Les enfants ne demandaient pas à naître. Bien sûr, certaines circonstances faisaient qu'on grandissait sans parents, mais Georgie n'aurait jamais pu se regarder dans une glace si elle avait pris unilatéralement la décision de dénier à sa fille la possibilité de connaître ses deux parents, quand bien même ceux-ci ne seraient plus ensemble.

— J'ai voulu te l'annoncer quand je t'ai revu… Je suis désolée, je n'ai pas eu le courage… Tu aurais pu être marié. Avoir d'autres enfants…

— Cela n'aurait rien changé. J'aurais quand même eu une responsabilité vis-à-vis de l'enfant qui dort dans cette chambre.

— Je suis heureuse de l'entendre.

Elle avait tendu une branche d'olivier, consciente qu'ils devaient trouver un terrain d'entente.

— Je sais que beaucoup d'hommes ne se sentiraient pas responsables d'une enfant dont ils n'ont pas voulu, poursuivit-elle. Je sais aussi que tu te trouves maintenant dans une situation compliquée… Tu n'es pas un homme ordinaire et tu n'auras sans doute pas beaucoup de temps à consacrer à Tilly, mais sache que je ne t'empêcherai jamais de la voir, quand tu seras de passage à Londres.

Elle voulait avoir l'air aussi détaché et raisonnable que lui, mais chaque mot était une souffrance pour elle qui n'avait jamais imaginé parler au père de son enfant comme à un parfait étranger. Elle avait aimé cet homme. Elle s'était donnée à lui, elle lui avait fait *confiance* et que restait-il de tout cela ? La douleur de la désillusion. Oui, elle était heureuse qu'il veuille connaître Tilly, mais… Et elle dans tout ça ? Que deviendrait-elle ?

Orpheline de mère puis de père, Georgie chérissait par-dessus tout la stabilité. Or elle pressentait que cette stabilité qu'elle avait réussi à établir dans sa vie et celle de sa fille était sur le point de basculer dans l'inconnu.

— Tu veux dire que tu m'autoriseras à jouer un rôle dans la vie de ma fille ? demanda-t-il.

Elle crut percevoir une pointe d'incrédulité dans sa voix grave.

— Eh bien… oui, répondit-elle d'un ton hésitant. Et bien sûr, si tu veux m'aider financièrement, je ne refuserai pas…

— C'est très généreux de ta part. Je comprends que des circonstances particulières ont empêché que je puisse faire partie de la vie de ma fille pendant ces trois dernières années, mais je peux t'assurer que ça va changer.

— Dans quelle mesure ?

— Je n'accepterai pas d'être un père à temps partiel. Or c'est ce que tu sembles proposer, et je suis curieux de savoir comment tu imagines que cela pourrait fonctionner. Concrètement.

— Pour commencer, je pense qu'il est inutile de faire appel à des avocats… Je ne t'empêcherai jamais de voir ton enfant ou de participer à son éducation.

— Participer à la vie de mon enfant à distance ne me convient pas. Je ne peux pas sauter dans un avion pour la voir chaque week-end, et même si je pouvais, je ne le voudrais pas. Penses-tu qu'il est juste que ma fille ne soit qu'une visiteuse occasionnelle dans la vie de son père ? Qu'elle renonce à l'héritage et aux privilèges qui lui reviennent de naissance ? N'oublie pas qu'elle est la fille aînée du prince héritier du Qaram. Tu voudrais la priver de tous les avantages que cela implique ?

— Comment oses-tu ! Je travaille dur pour offrir à Tilly ce qu'il y a de mieux, dans la limite de mes moyens, répliqua-t-elle vivement, outrée qu'il sous-entende que Tilly ait pu être lésée.

Tremblante d'indignation, elle se leva et alla devant l'évier pour mettre un peu de distance entre eux, le temps de se calmer. Comment osait-il insinuer qu'il avait beaucoup mieux à offrir à Tilly qu'elle ? Les mains crispées sur le rebord de l'évier, elle regardait par la fenêtre de la cuisine.

Lui tournant le dos, elle prit plusieurs longues inspirations dans l'espoir de retrouver une respiration normale. Elle était tellement furieuse qu'elle aurait pu le gifler.

Elle se figea quand elle sentit les grandes mains se poser sur ses épaules. Elle pivota sur elle-même et, enveloppée par l'aura de puissance qui émanait d'Abe, elle crut qu'elle allait suffoquer.

Elle leva les yeux et étudia l'expression sévère de son sublime visage masculin, avant de s'attarder sur cette bouche sensuelle qui éveillait immanquablement des souvenirs lascifs. Elle s'arracha à cette contemplation par crainte de commettre une folie.

— Georgie, ce n'est pas du tout ce que je voulais dire. Tu as fait des merveilles, dans des conditions difficiles.

Elle croisa les bras dans l'espoir d'apaiser la colère qui la faisait frémir et leva de nouveau les yeux vers lui.

— Ce n'est pas ce que tu voulais dire ? Je n'en crois pas un mot ! Cet endroit est peut-être une masure selon tes critères, mais c'est *mon* château. Je remercie chaque jour ma bonne étoile d'avoir un toit sur la tête.

Abbas avait ôté les mains de ses épaules à présent, mais il n'avait pas reculé et elle pouvait sentir la tiédeur de son souffle sur son visage.

J'étais seule et terrifiée, alors ne t'avise pas de débarquer ici pour me dire que tu as plus à lui offrir que moi. Elle est aimée, et elle le sait, et cela compte bien davantage que des possessions matérielles, aussi fabuleuses soient-elles !

Abe s'en voulut de ses propos inconsidérés qui avaient blessé Georgie, car il savait que l'amertume de la jeune femme était le plus grand obstacle à l'unique solution que lui-même entrevoyait à cette situation épineuse : le mariage.

En effet, à part le mariage, quel autre choix avaient-ils ?

Il ne pouvait pas raisonnablement considérer l'idée d'un droit de visite, ou d'une garde alternée. Avec la distance, c'était intenable. De plus, s'il n'avait pas demandé à avoir un enfant, maintenant que cet enfant était là, il avait l'intention d'être présent pour lui.

Malheureusement, la situation n'était pas aussi simple.

Annoncer la nouvelle à son père, puis à son gouvernement, puis à tout le pays n'était qu'une formalité. Ce qui relevait du défi, en revanche, était de convaincre cette femme – qui de toute évidence le détestait – de l'épouser.

Il allait devoir se montrer très persuasif, et mettre en sourdine son penchant naturel à imposer sa volonté quand il estimait avoir raison. Il s'était déjà renseigné sur les aspects juridiques et, malgré son statut et sa fortune, les droits d'une mère qui avait élevé seule son enfant pendant trois ans prévaudraient devant n'importe quel tribunal. D'autant plus que Georgie avait cherché à le joindre quand elle avait su qu'elle était enceinte ; si elle n'y était pas parvenue, c'était entièrement la faute d'Abe.

Bien entendu, il pouvait lui faire miroiter les avantages incontestables que lui procurerait leur mariage. Le confort, le luxe, la possibilité de voir ses moindres désirs contentés… Mais d'après ce qu'elle venait de lui dire à propos des possessions matérielles, il doutait que cet argument ait autant de poids pour Georgie qu'il aurait pu l'avoir pour une autre femme.

Si elle avait essayé de le retrouver, quatre ans auparavant, ce n'était pas pour lui soutirer de l'argent, puisqu'elle ignorait qui il était. Pas plus qu'aujourd'hui sa démarche ne lui paraissait motivée par un intérêt financier.

Comment expliquer cela ?

Décidé à en avoir le cœur net, il s'inclina vers elle et posa une main de chaque côté du comptoir pour l'empêcher de se dérober.

— J'aimerais te poser une question, murmura-t-il, fasciné par son joli visage que réchauffait une charmante rougeur. Il ne s'égaya cependant pas longtemps du trouble qu'il semblait provoquer en elle, car la réaction sans équivoque de son propre corps l'informa qu'il était logé à la même enseigne. Autrefois, ce phénomène l'avait poussé à rester à Ibiza bien plus longtemps que nécessaire, et aujourd'hui…

— De toute évidence, tu as un problème avec moi, dit-il. Et pourtant, ça ne t'a pas empêchée de m'informer de l'existence de Tilly, parce que tu estimes que c'est ce qu'il fallait faire.

— Pourquoi ma mauvaise opinion de toi aurait-elle dû m'en empêcher ? demanda-t-elle d'un ton méfiant.

— Je vais laisser mon côté cynique te répondre… Parce qu'une femme qui en veut à mort à un homme a le choix entre plusieurs types de mesures de rétorsion…

Prisonnière des sensations délicieuses que la présence si proche d'Abe éveillait en elle, Georgie était incapable de se libérer de son regard hypnotique.

— Quelles mesures ? réussit-elle à demander d'une voix étranglée.

— Elle aurait pu décider de ne jamais le revoir, quelles que soient les circonstances. Ou elle aurait pu essayer d'utiliser l'enfant pour se venger. Mais plus plausible, la femme aurait pu entrevoir les avantages financiers qu'elle pouvait tirer de la situation. Mais tu n'as choisi aucune de ces options.

Il s'était légèrement écarté d'elle, mais elle ne fut pas libérée pour autant, car il lui avait pris la main et entremêlé ses doigts aux siens. Elle ne protesta pas quand il l'emmena dans le salon et qu'il la fit s'asseoir sur le canapé, où il prit place à côté d'elle.

— Parle-moi, dit-il. Dis-moi ce que tu veux exactement.

Elle comprit qu'il était désireux de trouver un terrain d'entente, aussi minuscule soit-il. Elle résolut de se montrer honnête avec lui.

— Nous ne savons rien l'un de l'autre…

Il continuait d'enlacer ses doigts et elle ne chercha pas à se dégager, car elle aimait la sensation de sécurité que lui procurait ce contact physique.

— C'est vrai, nous avons eu une brève relation. Mais tu n'étais pas celui que je croyais et moi-même, d'une certaine façon, je jouais aussi un rôle. J'ai grandi à la campagne, dans un environnement très protégé. J'ai fréquenté l'école puis le collège de la petite ville voisine. Les bals de lycée et les sorties au cinéma représentaient les événements les plus excitants de mon existence. Mon père et moi étions très proches, et la vie était simple, sans les tentations que j'aurais sans doute rencontrées dans une grande ville. C'est à l'université que j'ai découvert à quoi pouvait ressembler la vie en dehors d'un petit hameau au milieu de nulle part.

— Effrayant ?

— Exaltant, plutôt. C'était l'aventure pour une fille de la campagne comme moi.

La tension commençait à se relâcher un peu, mais elle était curieusement embarrassée à l'idée de ce qu'elle allait lui avouer maintenant.

— Tu m'as demandé pourquoi je tenais tellement à t'annoncer que tu avais une fille, alors que je t'en voulais terriblement… Eh bien, mon père était pasteur. Je me suis toujours sentie obligée d'agir conformément à l'éducation qu'il m'a donnée. C'est difficile de lutter contre son éducation et, comme tu peux l'imaginer, j'ai été élevée avec beaucoup de principes moraux.

Elle cessa de se sentir un peu ridicule quand elle se rappela les confidences qu'il lui avait faites la veille sur sa propre jeunesse. Elle réalisa qu'ils étaient l'un comme l'autre guidés par une éducation rigide.

Elle s'empressa d'ajouter :

— Je ne te l'ai pas dit, parce que je craignais que ça te fasse renoncer à coucher avec moi. Tu n'imagines pas le nombre de types que cela fait fuir. À Ibiza, je voulais commencer une nouvelle vie. Pour la première fois, mon père n'était plus là pour me soutenir. Je suppose que j'avais envie de sortir de ma zone de confort. C'est ce que j'ai fait en prenant une année sabbatique, en travaillant dans un restaurant, vivant au jour le jour. Tout cela était si nouveau pour moi, mais je voulais à tout prix me distraire de mon chagrin.

— Un pasteur..., murmura Abe, presque aussi soufflé par cette révélation qu'il l'avait été par l'annonce de sa paternité.

Certains faits prenaient leur sens à présent. La timidité si charmante de Georgie, la conviction de la jeune femme qu'elle devait absolument l'informer qu'il était père, sans la moindre arrière-pensée intéressée.

Mais d'autres considérations affluèrent, plutôt pénibles pour lui. Il comprenait qu'elle avait été totalement dévastée quand il l'avait abandonnée. Son éducation et sa vie ne l'avaient pas préparée à ça. Elle n'avait pas l'armure dont la plupart des jeunes femmes de son âge étaient pourvues. Elle n'avait pas reçu de coups dans sa vie et il lui en avait assené toute une série... alors qu'elle venait de perdre un père qu'elle adorait.

La honte et la culpabilité le submergèrent.

— J'ai eu du mal à croire à ce qui m'arrivait, reprit-elle. Loin de la maison, enceinte d'un type qui ne voulait pas de moi, qui ne savait pas qui j'étais. Tu peux penser ce que tu veux, mais je trouve que je m'en suis plutôt bien sortie.

Ce qu'il pensait… Il pensait qu'il ne s'était jamais senti aussi minable, ni aussi déterminé à arranger les choses pour Georgie et Tilly.

— Tu as raison quand tu dis que nous ne savons presque rien l'un de l'autre, dit-il. Mais nous avons une fille ensemble et je pense que c'est une bonne raison pour que nous apprenions à mieux nous connaître, et ce, dès que possible. Qu'en penses-tu ?

Le tour que prenait la conversation semblait la surprendre, car elle lui glissa un regard dubitatif.

— Bien sûr, nous devrons être en bons termes…, acquiesça-t-elle.

Déterminé à la convaincre, Abe poursuivit :

— Tu m'accorderas que Tilly a le droit de connaître la culture du pays de son père, un pays qui est aussi en partie le *sien*, et de rencontrer son grand-père qui sera fou de joie de faire sa connaissance.

— Euh… oui… bien sûr.

Il savait parfaitement qu'en faisant appel à son sens moral il lui arracherait la seule réponse possible. Mais il savait aussi qu'il était imprudent de lui dévoiler son projet de but en blanc. Elle avait souffert par sa faute et il ne voyait qu'un seul moyen pour se racheter, encore fallait-il qu'elle en convienne. Il était convaincu qu'elle était une excellente mère et il voulait lui prouver – et se prouver – qu'il pouvait être un tout aussi bon père.

Curieusement, il suffisait qu'il pense à Tilly – sa fille – pour qu'une émotion inconnue lui noue la gorge. Mais quand il reprit la parole, son ton était calme et raisonnable.

— Tilly n'a que trois ans. Es-tu prête à la laisser venir découvrir mon pays, sans l'accompagner ?

Il appuya ses paroles d'un haussement fataliste des

épaules, pour signifier que cela ne lui posait pas de problème. Comme prévu, l'idée de sa fille seule dans un pays lointain, au milieu d'inconnus qui ne parlaient pas sa langue, éveilla l'inquiétude de Georgie.

— Tilly n'ira nulle part sans moi, répliqua-t-elle avec fermeté.

— Et ce ne sera pas nécessaire, car je propose que vous veniez *toutes les deux* avec moi au Qaram. Je dois rentrer dès que possible et, plutôt que de bâcler ma première rencontre avec ma fille ici, je pourrai lui accorder beaucoup plus de temps. En tant que parents, nous devons travailler main dans la main, comme une équipe, toi et moi, si nous voulons agir au mieux pour elle. Alors… Cela te convient ?

Il retint son souffle, suspendu à ses lèvres. Il était encore trop tôt pour lui annoncer qu'il avait l'intention de l'épouser. Pour l'instant, il devait se satisfaire de ce petit pas en avant.

4.

Quels arguments aurait-elle pu opposer à la logique implacable d'un homme qui ne voulait que le bien de sa fille ? Aucun. Elle irait le rejoindre au Qaram.

Prétextant une affaire de famille à régler – ce qui était la vérité –, elle demanda un congé sans solde à Duncan. Après son séjour au Qaram, elle avait bien l'intention de continuer à travailler à l'hôtel. Les arrangements financiers qu'Abe et elle trouveraient ne concerneraient que Tilly. Elle ne comptait pas lui soutirer le moindre sou pour elle.

Il voulait qu'ils apprennent à mieux se connaître, mais du peu qu'elle savait de lui, elle voyait surtout leurs différences. Ils vivaient dans des mondes fondamentalement différents, ils avaient des rêves différents, des objectifs différents, des valeurs différentes. Elle ne pouvait nier qu'elle éprouvait encore un reste d'attirance physique pour lui. Quoi de plus normal ? Il était son premier et son unique amant. Quand il était réapparu dans sa vie sans crier gare, une vague de nostalgie avait balayé les années écoulées et elle s'était retrouvée de nouveau subjuguée par son charme dévastateur.

Mais elle n'allait pas se laisser distraire par cette attirance ridicule. Elle irait au Qaram pour discuter avec lui de l'arrangement qu'ils mettraient en place pour qu'il puisse voir Tilly régulièrement, mais elle garderait ses distances.

Avant de partir, Abe avait demandé à revoir Tilly. Il était

resté près du petit lit pendant un long moment, contemplant sa fille endormie, puis il était parti, non sans lui avoir donné une foule d'instructions quant à la préparation du voyage, ce qu'elle devait emporter, à quelle heure le chauffeur viendrait les chercher…

Ils étaient convenus qu'ils se retrouveraient au Qaram, aussi fut-elle surprise quand il se présenta à sa porte le lendemain soir, sans gardes du corps en vue. Confuse d'être déjà en pyjama alors qu'il n'était pas encore 21 heures, elle hésita un instant, dissimulée derrière la porte, avant de le laisser entrer.

— Que fais-tu là ? demanda-t-elle.

— Il y a un point dont je voulais te parler avant ton départ.

Une fois à l'intérieur, il se dirigea droit vers le salon, où il s'assit sur le canapé et attendit qu'elle vienne à côté de lui pour reprendre :

— J'avais d'abord pensé t'en parler une fois que tu serais au Qaram, mais j'ai changé d'avis…

S'il n'avait pas été le puissant prince Abbas Hussein, elle aurait juré qu'il avait l'air… embarrassé. Mais elle écarta immédiatement cette impression fugitive.

— Tu m'inquiètes, Abe.

— Il n'y a pas de quoi, dit-il avec un sourire qui se voulait rassurant. Je me dis que tu seras en territoire inconnu, sans repères, et j'aurais l'impression de te prendre par traîtrise, de profiter de ton désarroi. Tu connais mon dilemme. Je suis un prince, et je veux faire partie de la vie de Tilly. Sans l'avoir encore vraiment rencontrée, je sais déjà que je ne pourrai pas me satisfaire de n'être qu'un père par intérim.

— Tu m'as déjà dit tout ça ! Où veux-tu en venir ?

— Je voudrais que tu m'épouses, Georgie. Je suis profondément persuadé que c'est la meilleure solution pour tout le monde.

Georgie le dévisagea, interloquée. C'était comme si son cerveau avait pris une trop grosse bouchée qu'il n'arrivait pas à avaler.

Voyant qu'elle était trop abasourdie pour répondre, il demanda :

— Tu n'as jamais pensé que cela pouvait être une option ?

— T'épouser ? *T'épouser* !

Elle fut incapable d'en dire plus. Non ! Cette pensée ne lui avait jamais traversé l'esprit. Comment pouvait-il s'imaginer qu'elle allait accepter de l'épouser ?

Et il avait débarqué à cette heure pour lui annoncer ça ? Alors qu'elle s'apprêtait à partir pour le Qaram d'un jour à l'autre !

— Je comprends que tu aies besoin d'y réfléchir, déclara-t-il en se levant d'un mouvement souple.

— Tu t'en vas ?

— Nous nous reverrons dans deux jours.

— Tu ne peux pas tout simplement lâcher cette bombe et t'en aller !

— On dirait que tu me cites ? fit-il remarquer d'un ton ironique.

Elle le foudroya du regard et il reprit son sérieux.

— Oui, c'est exactement ce que j'ai l'intention de faire, Georgie. Je ne te demande pas de me répondre maintenant. Viens au Qaram. Rends-toi compte par toi-même à quoi la vie là-bas ressemble, garde l'esprit ouvert. Et surtout, n'oublie pas : si ma vie est sur le point de changer, alors la tienne aussi…

S'il avait cherché à l'affoler, il avait réussi !

Elle passa les deux jours suivants à retourner fiévreusement cette proposition de mariage dans son esprit. Elle s'était attendue à tout sauf à ça ! Mais il avait raison, elle aurait dû envisager cette possibilité. Comment avait-elle pu croire qu'un futur roi, vivant à l'autre bout du monde, doté d'un sens aigu des responsabilités, se serait contenté d'un rôle de père à mi-temps ?

Fidèle à sa parole, il refusa d'aborder le sujet lors des trois coups de fil qu'ils échangèrent avant son départ pour le Qaram.

— Nous en discuterons tranquillement quand tu seras arrivée ici, répétait-il. Il est important que tu prennes ton temps pour réfléchir à ma proposition.

Rongeant son frein, elle s'était retenue de lui demander ce qui arriverait si – ou plutôt : quand – elle refuserait, mais elle était furieuse du mauvais tour qu'il lui avait joué.

Même les pitreries de Tilly, excitée comme une puce à l'idée de prendre l'avion, ne parvinrent pas à calmer le tourbillon de ses pensées.

L'accueil qu'elle reçut à l'aéroport, digne d'un membre de la famille royale, puis le jet privé auquel on les conduisit, achevèrent de la déstabiliser.

Tilly, pour sa part, était d'excellente humeur, curieuse de tout, et elle acceptait gracieusement l'attention déférente dont elles étaient l'objet. Une fois qu'elles furent à bord du luxueux avion, la fillette entreprit d'explorer les moindres recoins. Elle babillait gaiement avec les membres de l'équipage dont deux hôtesses et une charmante jeune fille qui semblait disposer d'un fonds inépuisable de choses délicieuses à grignoter qu'elle leur apportait à intervalles réguliers. Le vol se passa, sans qu'elle ait conscience du temps écoulé. Cette expérience était à des années-lumière de son quotidien, au point qu'elle avait l'impression de vivre un rêve éveillé.

Quand le jet atterrit, Georgie était épuisée et Tilly dormait. Elle fut surprise par la chaleur qui l'assaillit quand la porte de l'avion s'ouvrit. Elle éprouva un curieux sentiment de flottement au moment de plonger dans l'inconnu, qui s'estompa quand elle vit une limousine noire qui s'avançait vers l'appareil, car elle savait qu'Abe se trouvait à bord. Elle descendit les marches en métal, Tilly endormie dans ses bras.

Derrière les vitres teintées de la limousine, tandis qu'il regardait Georgie émerger du jet, le visage joliment rosi par la chaleur accablante et portant Tilly, un puissant instinct protecteur gonfla son cœur. Décidément, il était souvent sujet à ces accès d'émotion depuis une semaine. Tout ça parce qu'il avait revu une femme qu'il n'avait en réalité jamais oubliée et qu'il s'était retrouvé père d'une fille qu'il n'avait jamais vue qu'endormie !

Une petite fille magnifique. Une femme qui allait devenir son épouse… si seulement il parvenait à la convaincre de se rendre à ses raisons. Un mariage de convenance entre deux adultes consentants, pour offrir une vraie famille à Tilly. Il ne commettrait pas l'erreur de son père. Il ne tomberait pas amoureux. Non, Georgie et lui entreraient dans ce mariage les yeux grands ouverts, et personne ne souffrirait. C'était la solution idéale et il ferait tout pour qu'elle se réalise. Car Tilly était son héritière, une princesse à part entière. Lui seul pouvait lui procurer la protection dont elle allait avoir besoin.

Il avait déjà expliqué la situation à son père, qui ne doutait pas qu'ils allaient se marier.

Avant que son chauffeur ait eu le temps de venir lui ouvrir la portière, dès que la limousine se fut arrêtée, il descendit et il alla à la rencontre de Georgie.

Il nota immédiatement qu'elle avait l'air désemparé.

— Abe !

Son exclamation soulagée tira un instant Tilly de son

sommeil. La tête toujours posée contre l'épaule de sa mère, elle ouvrit les yeux et le dévisagea pour la première fois de ses yeux endormis.

Il s'immobilisa. Sa fille… La chair de sa chair…

Tous les scrupules qu'il avait pu éprouver à la pensée d'imposer ce mariage à Georgie s'évanouirent devant ce regard d'enfant. Sa résolution s'en trouva même renforcée. Instinctivement, il tendit les bras pour pouvoir la tenir enfin contre lui.

Elle était tiède et douce et il respira son parfum, surpris du besoin viscéral de la protéger qu'il éprouva. Les défenses qu'il avait érigées entre lui et l'ensemble de l'espèce humaine s'effondrèrent comme un château de cartes face à cette enfant. Simplement parce qu'elle était sa fille. Ravalant le flot de ses émotions, il invita Georgie à monter dans la limousine. Quand ils furent installés, il lui rendit Tilly.

— Comment s'est passé le vol ?

— Très confortablement, merci.

— Tu dois te sentir dépaysée, mais c'est normal au début, et je te suis très reconnaissant d'avoir accepté de venir. C'était important que Tilly fasse connaissance avec le Qaram. Et puis, nous allons devoir lui expliquer qui je suis.

— Ne te fais pas d'illusions, elle est trop jeune pour comprendre de quoi il retourne exactement.

Elle entendit la lassitude qui perçait dans sa voix. Les préparatifs du voyage, ajoutés à la perspective des discussions tendues qu'ils allaient avoir, l'avaient épuisée physiquement et moralement, mais que cela lui plaise ou non, elle devait reconnaître que la présence d'Abe à côté d'elle lui paraissait comme une ancre dans un environnement étranger.

— Grandir dans un presbytère m'a amenée à rencontrer beaucoup d'enfants qui connaissaient des situations difficiles, reprit-elle en étouffant un bâillement. Pendant que les parents se confiaient à mon père, j'étais chargée de les distraire, de leur parler. Je me suis rendu compte qu'ils étaient beaucoup plus solides que les adultes ne l'imaginaient. Plus adaptables.

Quand elle se tourna vers son compagnon, elle surprit le regard intense dont il la couvait, et elle rougit. Détournant la tête pour masquer son trouble, elle regarda par la vitre. Le désert avait peu à peu cédé la place à un paysage urbain. Sa curiosité fut piquée. Elle se redressa et posa toutes les questions que lui inspirait cette cité à la beauté minimaliste, avec ses grands immeubles modernes, de verre et d'acier.

— Il n'y a pas beaucoup de passants, fit-elle remarquer.

— Ce n'est pas Londres, je te le concède. La population totale de mon pays est moins nombreuse que les seuls habitants de Londres et pourtant, sa superficie est bien plus grande. Tu ne verras jamais de foule dans les rues. La chaleur intense fait aussi que les gens évitent de traîner dehors pendant des heures.

— Ça me plaît, admit-elle. Après Ibiza, je suis allée à Londres parce qu'un collègue du restaurant m'avait recommandée à Duncan. Je n'aurais pas trouvé du travail si facilement à la campagne, mais la paix et le calme me manquaient. Et la vie dans une grande ville avec un bébé n'est pas de tout repos. Rien que de prendre les transports en commun avec une poussette est un cauchemar.

Abe éprouva un nouveau pincement de culpabilité à l'évocation de ce qu'elle avait dû affronter seule. S'il n'était pas parti sans laisser d'adresse, ils seraient mariés à l'heure qu'il était... Mais à quoi bon regretter ce qui ne pouvait être changé ? Il passa le reste du trajet à vanter les charmes du Qaram, le calme, la magnificence des dunes sous la lune, la limpidité du ciel libre de toute pollution. Il n'aborda pas le sujet du mariage, car le moment n'était pas opportun. Il désirait qu'elle se fasse une image globale de la situation. Il voulait vraiment qu'elle surmonte ses objections de principe et accepte ce mariage sans avoir l'impression d'y avoir été contrainte.

— Parfois, dans le désert, si tu prêtes attentivement l'oreille, tu peux entendre le mouvement du sable. C'est comme un chuchotement, murmura-t-il d'une voix cajoleuse.

À leur arrivée, l'armée de ses employés et domestiques les attendait. Tout ce qu'ils savaient, c'était qu'une amie et la fille de celle-ci venaient lui rendre visite. S'ils se doutaient de quelque chose, il pouvait compter sur leur loyauté et leur discrétion à toute épreuve. Aucune rumeur ne risquait de filtrer. De toute façon, tout le monde saurait bien assez tôt qu'il allait épouser Georgie. La version officielle serait qu'elle était la mère de son enfant, la femme qu'il avait aimée, mais dont le destin l'avait séparé, avant de les réunir de nouveau. Cette histoire terriblement romantique allait captiver le cœur des habitants de son royaume tout entier, et pas seulement celui de son personnel. Afin qu'aucun soupçon de scandale n'entache le nom de Georgie ou de Tilly, il était même prêt à endosser l'image d'un homme amoureux.

— Waouh !

L'exclamation admirative de Georgie le fit sourire. Pourtant, à l'extérieur, l'obscurité estompait la splendeur du palais. Elle n'échappa cependant pas à Georgie dès qu'elle franchit le seuil du vaste hall d'entrée où le blanc et le marbre dominaient.

— Je vais te conduire à tes appartements, dit-il en congédiant le personnel d'un geste discret. Tu vas pouvoir te reposer.

Georgie ne protesta pas quand il lui prit de nouveau Tilly des bras. En proie à une sensation d'irréel, elle se contenta de le suivre dans l'un des escaliers monumentaux qui menaient à l'étage.

— Je n'arrive pas à croire que tu vis ici…

— À quoi t'attendais-tu ? demanda-t-il d'un ton où perçait l'amusement.

— Je n'y ai pas vraiment réfléchi.

Il poussa la porte devant laquelle ils s'étaient arrêtés et s'écarta pour la laisser entrer dans une antichambre qui donnait sur un salon, lui-même ouvrant sur deux chambres séparées par une salle de bains.

— Ma chambre est reliée à la tienne par une porte communicante, annonça-t-il. J'ai engagé deux gouvernantes qui seront disponibles jour et nuit. À partir de demain matin, elles seront exclusivement à ton service, et elles se vexeraient si tu décidais de te passer de leur aide.

— Je ne suis pas habituée à… tout ceci, protesta-t-elle mollement.

Tout esprit combatif l'avait désertée et elle le suivit docilement dans la plus petite des deux chambres, celle de Tilly. Elle vit dans un coin un grand panier d'osier contenant des jouets.

Encore un peu secouée par ce cadre luxueux et toutes ces nouveautés, elle fut heureuse de pouvoir s'asseoir. Abe, de son côté, avait ôté ses chaussures avant de s'accroupir pour se mettre au niveau de sa fille. Peu habitué à interagir avec des petits enfants, il était un peu maladroit, et de temps en temps, il quêtait son approbation d'un bref regard. Mais il ne se dérobait pas, visiblement décidé à faire connaissance avec Tilly.

Elle devina qu'il avait donné des instructions pour l'aménagement de la chambre. De toute évidence, durant les trois jours où il s'était préparé à leur arrivée, il avait réfléchi à la façon de rendre l'endroit agréable pour un enfant de trois ans loin de chez lui. Cela transparaissait jusque dans le choix du linge de lit en lin. Elle avait beau s'en défendre, ces marques d'attention l'émurent profondément.

Quinze minutes plus tard, Tilly avait enfilé son pyjama et, à peine au lit, elle s'était aussitôt endormie, serrant son lapin en peluche dans ses bras. Georgie, quant à elle, avait du mal à garder les yeux ouverts.

— Je t'emmène dans ta chambre, dit Abe.

Et avant qu'elle ait deviné ses intentions, il l'avait soulevée dans ses bras et il l'emportait dans la deuxième chambre.

Sans doute sous l'effet de la fatigue, Georgie oublia la rancune qu'elle lui gardait, noua les bras autour de ses larges épaules et posa la tête contre son torse puissant. Ses paupières se fermèrent d'elles-mêmes. C'était merveilleux d'être de nouveau dans ses bras ! Elle se retint de protester quand il la déposa délicatement sur l'énorme lit à baldaquin.

Quand elle ouvrit les yeux, elle vit qu'il s'était assis au bord du lit. Dans la pénombre, l'étroit rayon de lumière entrant par la porte entrouverte sculptait les traits magnifiques de son visage viril.

Surmontant la langueur dangereuse qui s'insinuait dans ses veines, elle se redressa en position assise.

— Nous devons parler, dit-elle.

— Il est tard et tu es fatiguée. Ne serait-ce pas plus raisonnable de remettre cette conversation à demain ?

— Je n'arrive pas à me le sortir de la tête. Tu m'as demandé de *t'épouser*, Abe ! Et tu es parti en me laissant ruminer cette question.

— Je voulais te donner le temps de réfléchir avant ton arrivée ici, où je savais que ton esprit serait accaparé par mille autres choses.

— Tu as sans doute raison…

Il baissa les yeux et ses cils sublimes masquèrent un

instant l'expression de son regard. Quand il les releva, c'est une sympathie sincère qu'elle y lut.

— Ta vie de mère célibataire n'a pas été facile. Mais tu es ici maintenant. Je veux que tu en profites pour te détendre et pour laisser les autres s'occuper de toi. À partir de maintenant, le moindre de tes souhaits sera exaucé.

Après les années à batailler seule pour élever sa fille, avoir dû la mettre à la crèche très tôt pour pouvoir travailler, les paroles d'Abe sonnaient comme une musique céleste à ses oreilles. Sa voix grave et posée lui était un véritable baume au cœur et, séduite par le tableau qu'il venait de brosser, elle poussa un soupir de contentement.

— Nous dînerons avec mon père demain soir, reprit-il. Il est impatient de vous rencontrer toutes les deux.

Il devait l'observer attentivement, car il remarqua immédiatement qu'elle s'était crispée, et il ajouta :

— Ne t'inquiète pas. Quand je lui ai parlé de Tilly, j'ai vu la joie éclairer son visage pour la première fois depuis sa crise cardiaque.

Comme pour achever de la rassurer, il effleura sa joue d'une légère caresse. Instinctivement, elle ferma les yeux. Malgré la souffrance qu'elle lui devait, malgré la rancune, la conscience qu'elle ne représentait rien pour lui… elle mourait d'envie de le toucher.

En cet instant, en ce lieu, elle se sentait en sécurité avec lui. Comment était-ce possible ? Était-ce parce qu'elle était particulièrement vulnérable, loin de son univers familier ?

Les souvenirs se bousculaient en elle avec une acuité troublante. Chaque caresse, la sensation de son corps viril contre le sien, la façon dont il avait éveillé *son corps* à la sensualité. Mais aussi délicieux soient-ils, les souvenirs ne devaient pas lui faire oublier une réalité plus prosaïque.

— Ton père doit être déçu que tu te retrouves dans cette situation.

— J'ai l'impression que tu veux absolument avoir cette conversation au lieu de dormir.

Il sourit et Georgie lui retourna son sourire. Pendant un moment, l'aura de pouvoir qui le faisait paraître impressionnant se dissipa. À cet instant il ressemblait au type presque ordinaire dont elle était éperdument tombée amoureuse quatre ans auparavant.

— Je t'avoue que c'est bizarre d'être ici, Abe. Tout ce que je vis est complètement inédit pour moi. Il y a une semaine seulement, je prenais les transports en commun et j'emmenais Tilly au parc le week-end. Et maintenant… Je dors dans un palais, j'ai deux nurses pour me seconder, mon lit est aussi grand que mon appartement.

— Tu exagères un peu.

— Peut-être… mais ce qui est sûr, c'est que je n'étais pas prête pour un tel changement.

— La vie nous réserve parfois des surprises.

— C'est plus qu'une surprise, Abe. Avoue que toi non plus, ce n'est pas l'avenir que tu imaginais. Tilly et moi débarquant dans ta vie sans crier gare…

— Je pense que Tilly va se plaire ici, dit-il.

Abe tentait de dévier la conversation dans l'espoir de rassurer Georgie, que la peur de l'inconnu conduisait à voir l'avenir au Qaram sous un jour essentiellement négatif.

Le pessimisme n'était pourtant pas sa nature. Il se souvenait de la jeune femme réservée mais heureuse de vivre qu'il avait connue. Elle avait d'abord hésité à sortir avec lui. Ce qui avait attisé sa curiosité… et son désir. Abe n'avait jamais eu de problème pour attirer les femmes. N'importe quelle femme. Toutes les femmes. L'idée de faire des efforts pour en séduire une était un concept étranger pour lui. Aussi, quand elle avait poliment décliné son invitation à dîner, il avait été intrigué. Sans imaginer qu'une affaire qui commençait de façon aussi banale puisse finir par enflammer son intérêt et consumer tout son être.

Il était à Ibiza pour acheter un hôtel. En effet, tout en se préparant à monter sur le trône un jour, il veillait à diversifier les sources de revenus pour son pays.

Il était descendu dans l'un des palaces les plus luxueux de l'île, accompagné d'un unique garde du corps, dont la seule présence avait réussi à éveiller l'intérêt de la gent féminine séjournant à l'hôtel. Mais il n'avait pas prêté attention aux regards curieux qui le suivaient dès qu'il apparaissait.

Un soir, il était sorti seul, avec l'idée de se plonger dans l'atmosphère festive de la ville.

Et il l'avait rencontrée, travaillant dans un restaurant.

Elle avait émergé des cuisines, rougissante et essoufflée, attendant avec une pointe d'anxiété son verdict. Il avait lu sur son visage qu'elle s'attendait à une remarque désobligeante.

Quand il l'avait félicitée, elle avait baissé les yeux et souri. Et il avait eu l'impression d'être le roi du monde.

Il l'avait immédiatement invitée à dîner. Évidemment ! Il allait bientôt repartir et il avait ressenti un besoin urgent de la voir, de sortir avec elle, de coucher avec elle.

Elle avait refusé, mais il n'avait pas abandonné la partie et il n'avait pas regretté d'avoir insisté, car il avait apprécié la compagnie de la jeune femme plus qu'il ne l'avait prévu.

Elle avait rendu son séjour… enchanteur…

Il ignorait à l'époque qu'elle venait de perdre son père, mais rétrospectivement, il se souvenait de moments où elle avait une expression lointaine ; d'autres où, paraissant à fleur de peau, elle abandonnait sa réserve habituelle.

Désormais, il ne pensait plus à la façon dont il l'avait

abandonnée sans être submergé par un sentiment de culpabilité.

Certes, il avait été rappelé de toute urgence dans son pays, mais il ne pouvait nier qu'il avait saisi l'occasion pour mettre un terme à une relation qu'il savait sans avenir. Il s'était déjà trop attardé à Ibiza, prolongeant son séjour bien au-delà du temps initialement prévu parce qu'il n'arrivait pas à se résoudre à la quitter. Il ne se lassait tout simplement pas de coucher avec elle. Cela ne lui était jamais arrivé avec aucune femme, mais il avait préféré ne pas s'attarder sur ce constat à l'époque.

S'il avait su qu'elle était émotionnellement vulnérable, l'aurait-il courtisée, aurait-il couché avec elle ? Avec un serrement de cœur, il dut admettre que cela n'aurait sans doute rien changé. Et aujourd'hui, elle était ici et, comme il le lui avait annoncé, les vents du changement allaient bouleverser sa vie bien ordonnée.

— Je pense que Tilly se plaira ici, répéta-t-il en reprenant le fil de la conversation. Mais tu ne peux pas vraiment penser à ça maintenant, n'est-ce pas ? Tu es fatiguée et déboussolée par ce nouvel environnement.

— C'est…

— Terrifiant. Je sais.

Il esquissa un sourire tout en balayant du regard la pièce somptueuse. Abe avait grandi ici. Il était habitué à vivre dans ce palais somptueux, au milieu d'un nombre incalculable de pièces, entouré de domestiques.

Pas étonnant que Georgie, que rien dans son existence et son éducation n'avait préparée à cette vie, se sente perdue dans cet univers.

— Et tu ne veux pas être effrayée, n'est-ce pas ? demanda-t-il. Tu veux de la stabilité.

— Plus que tout au monde, admit-elle sans hésitation. Pour moi, et surtout pour Tilly.

Sans s'en rendre compte, elle lui apportait sur un plateau les arguments en faveur de leur mariage, mais le moment n'était pas bien choisi pour partager ce point de vue avec elle.

— Je pense que tu devrais essayer de dormir maintenant. As-tu besoin de quelque chose ? As-tu faim ?

— Non, je n'ai besoin de rien.

— Toujours nerveuse à l'idée de rencontrer mon père ? demanda-t-il avec un sourire qu'il voulait rassurant.

— Lui aussi vit dans un palais ? demanda-t-elle avec un faible sourire.

— Oui. Mais son palais est plus petit que celui-ci.

— Il pouvait difficilement être plus grand. Que peux-tu bien faire de toutes ces pièces, Abe ?

— À l'occasion, elles servent à recevoir des diplomates, des dignitaires étrangers, des membres du gouvernement...

Il s'interrompit tandis que son regard s'attardait sur la bouche de Georgie. Sa bouche parfaite, dont le goût était gravé dans sa mémoire et qu'il mourait soudain d'envie d'embrasser.

Surpris par l'intensité de l'attirance qu'il éprouvait toujours pour elle, il se demandait si leur brève aventure n'avait pas en réalité représenté beaucoup plus pour lui. Cette pensée lui avait déjà traversé l'esprit quand il l'avait revue. Mais c'était sans doute à mettre sur le compte de l'extraordinaire entente physique qui avait immédiatement existé entre eux. Oui, voilà de quoi il s'agissait : une incroyable alchimie sexuelle. Et rien d'autre.

— Tu ne t'es jamais senti un peu... seul dans ce palais immense ? demanda-t-elle.

Sa question le prit au dépourvu et mit un terme à ses réflexions troublantes.

— Seul ?

Sur le point de répondre par la négative, il se ravisa. C'était un vieux réflexe chez lui de ne jamais laisser quiconque s'immiscer dans ses pensées intimes, mais s'il voulait gagner la confiance de Georgie, il allait devoir faire des concessions.

— Je suppose que oui… À une certaine époque…

Il vit qu'elle le regardait avec une réelle sympathie. Elle ne disait rien, et pour une fois, ce n'était pas lui qui utilisait le silence pour soutirer une information.

— Quand ma mère est morte…, admit-il. Moi aussi j'étais jeune. Mon père a été anéanti. Oh ! il a continué à gouverner, à faire des discours et à remplir ses obligations officielles, et j'étais le seul à voir l'envers du décor. C'était dur pour un enfant. En vérité, j'ai perdu mes deux parents ce jour-là. Ma mère par la mort, et mon père par des mois de chagrin, de deuil.

Surpris par la facilité avec laquelle il s'était confié, il secoua la tête et conclut :

— Quand il est sorti de son long deuil, j'avais grandi.

Puis il se frappa les cuisses et mit un terme à cette confession qui ne lui ressemblait pas.

— Bon, eh bien, s'il y a quoi que ce soit dont tu as besoin…, dit-il en désignant une sonnette sur la table de chevet. Appuie sur le bouton et on t'apportera tout ce que tu veux.

Avant qu'il puisse se lever, elle prit sa main et la serra en un geste de compassion.

— Je suis vraiment désolée, Abe. Tu as effectivement dû te sentir bien seul.

Sans qu'elle puisse dire comment cela se produisit, ils s'étaient imperceptiblement rapprochés l'un de l'autre. L'atmosphère fut soudain chargée d'émotion et un lien puissant semblait s'être tissé entre eux, qui les ramenait vers ce passé qu'ils avaient partagé.

Elle frémit quand il effleura de nouveau sa joue, car elle sut qu'il allait l'embrasser. De toutes les fibres de son corps, elle le devinait et elle le souhaitait ardemment.

Elle avait souvent rêvé cet instant, mais quand les lèvres d'Abe prirent possession des siennes, elle réalisa que son imagination n'avait pas été capable de recréer la sensation fulgurante que ce contact provoquait immanquablement en elle.

Leurs langues se mêlèrent en une joute sensuelle et ils se laissèrent tomber contre les oreillers.

Les mains d'Abe plaquées contre sa tête, comme s'il redoutait qu'elle cherche à s'échapper, le poids de son corps sur elle lui rappelèrent les nuits torrides qu'ils passaient à faire l'amour.

Il s'arracha à leur baiser avec une brusquerie qui la laissa désemparée. Elle se ressaisit cependant rapidement et elle se rassit, se maudissant d'avoir perdu son sang-froid et se détestant d'avoir cédé aux désirs de son corps, ce traître, séduite par les confidences qu'il lui avait faites pour la première fois depuis qu'elle le connaissait.

Qu'est-ce qui lui avait pris ? Elle était venue ici pour discuter de son avenir, pas pour retomber dans les bras d'Abe ! Comment avait-elle pu l'oublier un instant ?

Honteuse de ce moment d'égarement, elle gardait les yeux baissés. Elle sentit toutefois son regard sur elle quand, parvenu devant la porte, il se retourna.

— N'oublie pas que nous dînons avec mon père demain, dit-il.

— Je n'oublierai pas.

À son grand soulagement, sa propre voix était aussi posée que celle de son compagnon.

Ce n'est qu'une fois qu'il eut refermé la porte derrière lui qu'elle réalisa qu'elle avait cessé de respirer. Elle expira tout l'air accumulé dans ses poumons, puis elle se laissa retomber contre les oreillers et fixa le plafond, perdue dans ses pensées qui lui faisaient revivre inlassablement le baiser passionné qu'ils venaient d'échanger.

5.

Un rayon de lumière crue qui s'infiltrait entre l'entrebâillement des lourds rideaux de sa chambre réveilla Georgie. Elle mit quelques secondes à se rappeler l'endroit où elle se trouvait, ainsi que les événements qui l'avaient conduite dans ce lit étranger, dans un pays étranger… Dans un *palais* étranger ! Elle avait laissé derrière elle un monde familier pour pénétrer dans un univers presque irréel.

Au milieu de cette confusion, Abe était son seul point de repère.

Ce qui expliquait probablement pourquoi elle l'avait laissé l'embrasser. Mais pas pourquoi elle avait répondu avec ardeur à son baiser !

De toutes les choses stupides qu'elle aurait pu faire, embrasser passionnément Abe était bien la pire. Non seulement elle l'avait embrassé, mais elle était prête à aller plus loin.

Elle n'aurait su dire combien de temps avait duré ce baiser, mais il avait oblitéré le reste de la soirée. Elle ne se souvenait plus d'être allée dans la salle de bains, ni d'avoir pris une douche et mis son pyjama, avant de s'écrouler dans le lit où elle s'était rapidement endormie.

Mais refusant de se laisser abattre, elle décida qu'aujourd'hui était un nouveau jour.

Forte de cette résolution, elle sortit du lit et alla dans la chambre de Tilly. Pour découvrir, atterrée, que la fillette avait disparu. Surmontant son mouvement de panique viscérale, elle se souvint du bouton sur sa table de chevet qui devait lui permettre d'appeler quelqu'un à n'importe quel moment du jour ou de la nuit.

Elle appela.

Moins de cinq minutes plus tard, on frappa à la porte. Elle l'ouvrit et tomba nez à nez avec Abe qui tenait Tilly dans ses bras. Après les instants d'angoisse qu'elle venait de vivre, Georgie lui arracha la fillette et la serra contre elle, provoquant de vives protestations de la part de l'enfant.

Rassurée à présent, elle parvint à se composer une expression calme et elle invita Abe à entrer, mais intérieurement, elle bouillonnait de colère.

— Maman, je veux retourner jouer ! s'exclama sa fille en se débattant.

Tout en veillant à ne pas laisser échapper sa fille qui frétillait dans ses bras, elle referma la porte, puis elle se tourna pour affronter Abe. Sans doute parce qu'elle était encore obsédée par leur baiser, son regard fut irrésistiblement attiré par les lèvres du prince. Toute combativité la déserta et elle rougit violemment. Mais son embarras ne l'empêcherait pas d'exiger une explication.

— Pourquoi n'ai-je pas été prévenue quand Tilly s'est réveillée ? demanda-t-elle.

— Je pensais que tu avais besoin de dormir et comme je me doutais que Tilly se réveillerait avant toi, j'ai posté un domestique devant votre porte, afin qu'il me prévienne s'il entendait des bruits indiquant qu'une petite fille curieuse était en mission d'exploration de son nouvel environnement.

— J'aurais dû la faire dormir avec moi. J'y ai pensé, mais j'étais trop fatiguée pour me relever.

Sa colère s'était dissipée, cédant la place à la culpabilité, et elle reposa sa fille par terre.

— Va t'habiller, dit Abe gentiment. Je m'occupe de Tilly pendant ce temps.

— Tu n'avais pas le droit, marmonna-t-elle.

Tilly ne semblait pas particulièrement perturbée et elle se dirigeait tranquillement vers sa chambre. Là, elle prit son lapin en peluche par les oreilles, puis elle fouilla la valise où se trouvaient les autres peluches qui avaient fait le voyage d'Angleterre.

— Je suis son père, rétorqua Abe d'un ton raisonnable qui l'horripila. Tu ne l'as peut-être pas encore accepté, mais j'ai tous les droits.

— Elle ne te connaît pas.

— Elle me connaît déjà beaucoup mieux maintenant que j'ai pu passer un peu de temps avec elle. Va t'habiller, Georgie. Et arrête de me considérer comme le méchant de l'histoire, ou nous n'arriverons jamais à rien.

Elle s'apprêtait à répliquer vertement quand elle réalisa soudain qu'elle était toujours en pyjama. Pyjama qui consistait en un vieux T-shirt orné d'un personnage de dessin animé et un short qui laissait peu de place à l'imagination. Un accès tardif de pudeur la poussa à battre en retraite.

— D'accord, mais après, il faudra que nous parlions.

— Bien sûr, acquiesça-t-il. Il faut que nous abordions des questions sérieuses et ce serait mieux que nous le fassions avant de nous rendre chez mon père. Tilly a déjà pris son petit déjeuner. Quand tu seras prête, je te montrerai l'endroit où elle était en train de jouer quand tu t'es réveillée. Je précise qu'elle était sous la surveillance de deux nurses hautement qualifiées, au cas où tu penserais que je ne me soucie pas de la sécurité de ma fille.

— Je n'ai jamais prétendu une chose pareille !

Il faut que nous abordions des questions sérieuses.

Elle savait parfaitement qu'il faisait allusion à cette

demande en mariage. Elle comprit qu'il estimait qu'elle avait eu suffisamment de temps pour réfléchir.

Oui, elle avait réfléchi, mais ses réflexions avaient abouti à des incertitudes supplémentaires et elle était tiraillée entre son aspiration à la stabilité et la panique que lui causait l'idée d'épouser Abe. Mais consciente qu'elle ne pouvait pas indéfiniment repousser cette conversation, elle alla dans sa chambre pour se changer, après un dernier coup d'œil à sa fille, qui était en train de présenter cérémonieusement sa collection de peluches à Abe.

Elle enfila un bermuda taillé dans un vieux jean et un T-shirt en se maudissant de n'avoir pas davantage réfléchi au style de vêtements qui auraient été appropriés dans un palais. Puis elle haussa les épaules. Que lui importait ? Elle n'allait pas s'éterniser ici.

Le père et la fille levèrent les yeux en même temps quand elle revint dans le salon. Ils lui sourirent, mais le sourire d'Abe était un peu plus réservé que celui de sa fille. Malgré cette nuance, leur ressemblance était frappante.

Georgie se força à ignorer la langueur qui s'insinuait en elle comme à chaque fois qu'elle regardait le mâle sublime nonchalamment installé sur le tapis, ses longues jambes étendues devant lui.

Elle sentit néanmoins son regard qui la scrutait alors qu'elle s'agenouillait à son tour pour ébouriffer affectueusement la chevelure de sa fille.

— Tu joues à la dînette, Tills ?

Les fossettes se creusèrent dans les joues rebondies de la fillette quand son sourire s'élargit.

— Maman, il y a un magasin de jouets ici.

— Vraiment, chérie ? Où ça ?

— Je vais te montrer.

Georgie leva les yeux vers Abe et elle eut la surprise de lui voir une expression embarrassée. Il déplia son long corps et, avec une grâce toute féline, il se leva. Quand il fut debout, il prit la main de Georgie pour l'aider à se lever à son tour. Il la relâcha aussitôt. Était-il lui aussi troublé par le souvenir de leur baiser et jugeait-il plus prudent d'éviter tout contact physique, même anodin ?

Ils quittèrent la suite pour s'engager dans un long et large couloir aux murs couverts de marbre. Des lustres étaient suspendus à intervalles réguliers aux plafonds ornés de fresques. Tilly, nullement impressionnée, avançait en sautillant devant eux, vérifiant de temps en temps qu'ils la suivaient et qu'elle ne se trompait pas de chemin.

— Alors ? demanda Georgie. Quel est l'emploi du temps de la journée ? Je suppose que tu veux discuter de cette demande en mariage que tu m'as lancée à la tête avant de retourner au Qaram.

Devant la mauvaise volonté affichée de Georgie, Abe esquissa une grimace de contrariété.

Il pensait qu'ils avaient trouvé un terrain d'entente, après leur conversation de la veille, mais ce matin, il sentait la tension qui émanait d'elle. Un pas en avant, deux pas en arrière. À ce rythme-là, ils n'arriveraient à rien. Tout dans l'attitude et les paroles de Georgie indiquait que ce ne serait pas facile de la convaincre de l'épouser. D'ailleurs, en avait-il douté ? Il allait devoir négocier en douceur.

— Nous allons laisser Tilly avec Fatima, l'une de ses nurses, qu'elle a d'ailleurs déjà conquise.

— Sait-elle qui est Tilly pour toi ?

— Je suppose qu'elle l'a deviné, mais bien sûr, elle sera muette comme une tombe tant que la nouvelle ne sera pas annoncée officiellement.

— Bien sûr…

Abe lui glissa un regard de côté et sourit. Il avait toujours apprécié sa façon pleine de douceur d'affirmer ses opinions. Sous sa timidité foncière se cachait un caractère bien trempé.

— Nous allons prendre un brunch, dit-il. J'ai donné des ordres. Après, nous…

— Qu'est-ce que c'est que ça ? l'interrompit-elle d'une voix faible en se tournant vers lui.

Ils étaient arrivés devant la nursery dans laquelle venait de les précéder Tilly. Elle dut comprendre à quel « magasin de jouets » sa fille avait fait allusion.

Une partie de la pièce était occupée par une vaste aire de jeu en mousse. Il y avait également un village miniature de plusieurs maisonnettes, chacune suffisamment grande pour que Tilly puisse jouer à l'intérieur. Devant l'une des maisonnettes était garée une Mercedes électrique miniature. Un coin était réservé au dessin, avec un assortiment de feutres et de crayons de couleur, et un large rouleau de papier sur un dévidoir.

— Je n'avais pas la moindre idée de ce qui pouvait plaire à une enfant de trois ans, alors…

— Alors tu as *tout* acheté ? murmura-t-elle, visiblement sidérée.

— En fait, j'ai dû me restreindre, admit-il d'un air faussement contrit qui la fit éclater de rire.

— Je devrais être furieuse contre toi, dit-elle.

Sans plus se soucier d'eux, Tilly avait tranquillement repris ses jeux où elle les avait interrompus, sous le regard et les encouragements de Fatima.

— On dirait que tu as épuisé tes réserves de colère, la taquina-t-il.

Elle rougit comme une adolescente. Il avait toujours trouvé cela irrésistible, car elle semblait alors irradier. Ses yeux furent inexorablement attirés par la bouche entrouverte de la jeune femme.

Il n'avait pas eu l'intention de l'embrasser, la veille,

mais c'était venu tout naturellement. Et dès l'instant où ses lèvres avaient touché celles de Georgie, toute pensée rationnelle l'avait déserté.

Il était revenu au point de départ, quatre ans en arrière, à une époque où il ne pouvait pas la regarder sans avoir immédiatement envie de lui arracher ses vêtements.

Dans son esprit, le mariage avait toujours représenté une formalité nécessaire, et il l'envisageait comme une union de convenance pour l'intérêt de son pays. Or à présent, quand il contemplait les lèvres pulpeuses de Georgie qu'il mourait d'envie de caresser, d'embrasser, il songeait que *ce* mariage aurait indéniablement d'autres avantages. Certes, d'un point de vue émotionnel, il ne s'investirait sans doute pas autant qu'elle pouvait l'espérer, mais il était plus que prêt à donner de sa personne physiquement aussi souvent qu'elle le voudrait.

Elle le haïssait sans doute pour ce qu'il lui avait fait, mais il avait suffi qu'il l'embrasse une fois pour que toute cette haine, tout ce ressentiment se dissipe sous l'effet de la passion toujours aussi brûlante qui existait entre eux. Il voulut y voir un heureux présage.

Georgie perçut la tension purement sensuelle qui crépitait soudain entre eux. C'était une réaction chimique incontrôlable et elle se tourna vers sa fille pour s'arracher à l'emprise qu'Abe exerçait sur elle. Pendant la demi-heure qui suivit, elle fit plus ample connaissance avec la jeune nurse qui allait la seconder auprès de Tilly. Au fond, elle était soulagée de laisser sa fille en de bonnes mains. Elle-même pourrait se concentrer pleinement sur la négociation avec Abe.

Quand le moment fut venu de laisser Tilly seule avec sa gouvernante, elle n'éclata pas en sanglots. Ce n'était pas surprenant, après tout, car Tilly fréquentait la crèche depuis son plus jeune âge, ce qui en avait fait une petite fille très sociable et il n'y eut pas une larme quand la porte de la nursery se referma derrière eux.

À la perspective d'évoquer leur mariage, Georgie était nettement moins détendue que sa fille et, perdue dans ses pensées, elle suivit Abe en silence dans un nouveau dédale de marbre.

La loggia où il la conduisit était splendide. La lumière entrait par de grandes portes-fenêtres, atténuée par des rideaux de fine mousseline. Elle donnait sur des jardins et, au-delà, sur le désert.

Le sol était dallé de carreaux de marbre noirs et blancs, qui conféraient à la pièce une agréable fraîcheur. Les meubles en rotin blanc se mêlaient à des canapés recouverts de lin. Sur un buffet, elle découvrit un véritable festin. Elle apprécia en professionnelle le travail que cela représentait.

Mais la première impression d'émerveillement passée, sa nervosité revint.

— As-tu réfléchi à ma proposition ? lança-t-il quand ils se furent servis, puis assis de chaque côté d'une table en verre.

— Abe… Comment te dire… Je crois au mariage. Mais je ne crois pas en *ce mariage*. Je veux que tu fasses partie de la vie de Tilly et je comprends qu'il t'est impossible d'être un père à temps partiel, mais il doit exister une autre solution, si on y met un peu de bonne volonté.

— Pourquoi ? demanda-t-il.

Son manque d'enthousiasme pour ses projets matrimoniaux ne parut pas l'émouvoir et son ton ne trahissait qu'une simple curiosité.

— Parce que j'ai toujours pensé que je me marierais un jour, mais pour les bonnes raisons. C'est-à-dire par amour. Comme toi, je suis attachée aux traditions, mais nous sommes au XXIe siècle. Les gens ne sont plus obligés de se marier parce qu'ils ont eu par hasard un bébé ensemble.

Elle parcourut la luxueuse pièce du regard.

— Je sais que je ne pourrai jamais offrir un cadre de vie aussi magnifique à Tilly, mais le confort matériel n'est pas tout.

— Je suis d'accord, mais c'est un peu simplificateur de réduire notre situation à la différence sociale qui existe entre nous.

Il avait parlé très calmement, mais le regard qu'il fixait sur elle avait pris une intensité incroyable.

— Tu m'as parlé de Tilly parce que tu estimais que j'avais le droit de savoir. Maintenant tu veux me faire croire que c'est à notre fille que tu penses quand tu refuses de m'épouser. Es-tu sûre que tu ne penses pas seulement à toi-même ?

— Ce n'est pas du tout ce que je dis ! protesta-t-elle énergiquement. Je considère qu'un mariage sans amour serait un désastre, et tu ne m'aimes pas.

Il baissa les yeux et quand il la regarda de nouveau, l'expression indéchiffrable qu'elle y vit faillit la faire hurler.

— Tu penses que tous les mariages qui commencent par de belles déclarations finissent par une longue et heureuse vie commune ?

— Bien sûr que non…

— En fait, il n'y a aucune garantie pour que cela se produise, même si le mariage est fondé sur l'amour, Georgie. Tu m'as toi-même raconté que tu avais passé des heures à consoler des enfants de parents divorcés…

Pour lui, que les parents se séparent ou qu'ils meurent, les véritables victimes de l'amour, en définitive, étaient les enfants. Georgie le savait, car elle avait connu une expérience similaire à la sienne. Pourquoi refusait-elle d'admettre qu'une approche plus pragmatique du mariage, comme celle qu'il lui proposait, permettrait peut-être de causer moins de dégâts, à terme ?

— C'est justement ce que je ne veux pas pour Tilly !

— Et je répète : penses-tu que l'amour te garantira contre ce risque ? Tu sais bien que non. Écoute-moi, Georgie. Je n'ai pas l'intention d'être un père à mi-temps. Je ne le voudrais pas si j'étais un citoyen lambda et je ne peux – ni ne veux – accepter un tel compromis dans ma situation. Tilly est une princesse à part entière, elle est à la tête d'une fortune qui lui appartient, même si tu refuses de m'épouser, et elle aura besoin d'une protection digne de ce nom quand elle grandira. Pourras-tu la lui assurer ?

Acculée contre un mur par des problèmes auxquels elle n'avait pas pensé, Georgie cherchait désespérément une repartie, mais le doute commençait à s'insinuer en elle. Faisait-elle preuve d'égoïsme en s'accrochant à son rêve de mariage d'amour ?

— Ce pays représente un héritage vieux de plusieurs siècles pour Tilly, poursuivit-il. Un héritage qu'elle a le droit de connaître. Es-tu prête à la priver de ça aussi, Georgie ? Dans ta quête de l'amour ?

— Ce n'est pas un crime de vouloir partager sa vie avec un homme qui vous aime !

— Bien sûr que non. Mais dans le cas qui nous occupe, tu reconnaîtras que tu fais passer tes envies avant les besoins d'une enfant qui est encore trop jeune pour prendre des décisions. Je veux que ma fille grandisse *ici*, qu'elle hérite ce qui lui est dû, qu'elle soit protégée et qu'elle bénéficie de la meilleure éducation possible. Vas-tu t'y opposer parce que tu aspires à une vie de conte de fées ?

De plus en plus déstabilisée par ses arguments, Georgie pâlit. Comment se pouvait-il que la vie qu'elle avait toujours désirée, conforme à son éducation, ressemble soudain à un caprice qui se réaliserait au détriment de la personne qui comptait le plus pour elle ? Était-elle prête à sacrifier l'avenir de Tilly pour le sien ? se demanda-t-elle, le cœur battant à tout rompre.

— À quoi bon tourner autour du pot ? reprit Abe. Tilly mérite ce qu'il y a de mieux et cela signifie, avant tout, vivre ici, avec ses deux parents. Mariés. Et l'amour n'a rien à faire là-dedans.

Comment pouvait-il balayer d'un simple geste de la main quelque chose d'aussi important ? Mais était-ce vraiment si étonnant ? L'homme chaleureux et passionné qu'elle avait connu était devenu froid comme un glacier quand il s'agissait d'émotions.

Le pire était qu'elle éprouvait toujours des sentiments pour lui, presque malgré elle. C'est pour cela qu'elle ne s'était jamais vraiment remise de son abandon. Et paradoxalement, c'était pour cela qu'elle n'arrivait pas à se décider à accepter de l'épouser. Car quand elle était avec lui, elle ne pouvait pas s'empêcher d'espérer l'impossible. Chaque seconde passée en sa compagnie lui rappelait le danger d'éprouver toujours des sentiments qui ne seraient jamais partagés.

— Je ferai tout pour ce que je considère comme le mieux pour ma fille et, par extension, pour toi, dit Abe posément, d'un ton plein de sympathie. Mais je serais curieux de savoir ce que tu ferais si c'était toi qui décidais ? Voici un autre scénario, Georgie. À la poursuite de ton rêve impossible, tu retournes à Londres. Que se passera-t-il quand Tilly sera assez grande pour comprendre que, dans *ton* intérêt, tu l'as privée de la vie qu'elle aurait pu mener ici ? Quand elle viendra me rendre visite au Qaram et qu'elle passera du temps avec moi et avec la femme que j'aurai épousée, une femme qui se prendra sans doute d'affection pour elle et qui décidera conjointement avec moi des choses que nous entreprendrons en tant que famille. Comment accepteras-tu cela ? Surtout si à ce moment-là tu n'as toujours pas trouvé l'homme de tes rêves ? Quand ta fille connaîtra une vraie vie de famille à des milliers de kilomètres de toi ? Et si, après avoir refusé ma proposition, tu découvrais que cette stabilité que tu voulais pour elle, Tilly la vivrait ici avec moi et une nouvelle famille, plutôt qu'avec toi en Angleterre ?

Georgie le dévisagea, consternée. Ses arguments avaient touché son point sensible.

Les paroles qu'ils venaient de prononcer firent leur chemin dans son esprit et une certitude émergea. La préoccupation principale d'Abe était sa fille. Tout ce qu'il venait de dire tournait autour de l'intérêt de Tilly. En lui révélant qu'il était père, elle avait bouleversé la vie qu'il s'était tracée, mais il ne s'était pas dérobé. Il n'avait pas essayé d'acheter son silence. Il avait tout de suite accepté Tilly comme son héritière légitime, il avait demandé à Georgie de l'épouser, alors qu'elle ne correspondait pas au type de femme qu'il avait eu l'intention d'épouser.

En d'autres termes, il n'avait reculé devant aucun sacrifice.

Et maintenant qu'il lui avait posé la question… Que ressentirait-elle s'il épousait une autre femme ? *Quand* il en épouserait une autre ? Car bien sûr c'était inévitable. Il choisirait l'épouse idéale pour un futur monarque parmi une foule de prétendantes, et Abe ferait en sorte que ce mariage soit une réussite. Les émotions ne viendraient pas perturber cette union que l'existence d'un enfant rendait plus impérative à présent. Il avait raison. Pendant qu'elle en serait encore à chercher l'homme parfait, lui serait allé de l'avant et au prochain anniversaire de Tilly, il serait probablement marié.

— Je ne veux pas avoir à me battre avec toi, dit-il d'une voix douce. Mais je me battrai pour avoir la garde exclusive de ma fille, si c'est nécessaire.

— Je suis sa mère !

Son sang se glaça dans ses veines. Elle connaissait ses droits, mais ceux-ci feraient-ils le poids au vu de leur situation très particulière ? Aurait-il gain de cause, tout simplement parce qu'il était un prince ? Mais surtout, voulait-elle courir le risque ?

— Je ne chercherai jamais à t'évincer de la vie de notre fille, Georgie. Pas plus que je ne me laisserai faire sans lutter si tu décidais de retourner à Londres avec elle.

Il se pencha vers elle et darda sur elle un regard intense.

— Je ne veux pas la guerre et en vérité je n'essaierais pas de t'imposer ce mariage si je pensais qu'il était voué à l'échec…

— Ce qui signifie… ?

— Nous nous entendions bien il y a quatre ans, Georgie, et nous nous entendons toujours bien. Oublie le passé et tu verras que nous allons bien ensemble.

C'était facile pour lui. Mettre le passé de côté revenait à s'assurer un avenir agréable aux côtés d'une femme avec qui il « s'entendait bien ». Il s'était depuis longtemps préparé à un mariage arrangé. Dans ce contexte, une bonne entente sur le plan physique pouvait déjà être considérée comme un succès.

Mais pour elle… Faire une croix sur le passé revenait à ouvrir la boîte de Pandore. Combien de temps faudrait-il pour que l'amour qu'elle n'avait jamais cessé d'éprouver pour lui – et que seul l'éloignement avait pu mettre un peu en sourdine – ne resurgisse, pendant qu'ils « s'entendraient bien » dans ce mariage de convenance ?

— Je ne t'apprécie même pas, Abe. Après ce que tu m'as fait…

Malheureusement, sa voix n'était pas très affirmée quand elle prononça ces mots, et elle était incapable de soutenir le regard de son compagnon.

— J'ai l'impression que tu t'es surtout habituée à penser

cela et que tu rechignes à changer d'avis. Mais tu dois essayer, pour Tilly.

Georgie réussit finalement à le regarder. Il était assis là, beau comme un dieu, nonchalant, sûr de lui, et son assurance même tournait en dérision l'inquiétude de Georgie. Elle sentit ses certitudes vaciller.

— Ceci n'est pas mon monde, protesta-t-elle faiblement.

— Si tu m'épouses, mon monde sera le tien, comme il deviendra celui de notre fille.

Il se tut et la dévisagea longuement. Sous ce regard sombre aux profondeurs veloutées, une vague de chaleur se diffusa dans ses veines.

Contrariée par la réaction de ce corps qui ne semblait plus lui obéir, elle se redressa brusquement et se dirigea vers la porte-fenêtre pour contempler ce monde dont il lui promettait qu'il serait le sien. S'habituerait-elle un jour à ce palais fabuleux, à tout ce luxe inouï, à ces jardins splendides et à la vaste étendue du désert ?

Elle n'avait pas entendu Abe approcher, mais soudain elle vit son reflet dans la baie vitrée. Son cœur fit un bond dans sa poitrine. Elle pivota et elle découvrit qu'elle n'avait pas besoin de tendre le bras pour le toucher.

— Épouse-moi, Georgie, dit-il d'une voix sourde tandis que son regard cherchait le sien. Dépasse ton ressentiment. Je sais que notre mariage sera un succès.

Perdue dans l'intensité hypnotique de son regard, elle ne s'écarta pas quand il posa les mains sur ses épaules.

— Je ne suis pas ton ennemi, poursuivit-il. C'est même tout le contraire, comme ce baiser hier soir l'a démontré.

— C'était une erreur.

— Tu en es sûre ? demanda-t-il d'une voix rauque.

Elle sut qu'il allait l'embrasser, et elle savait que ce baiser provoquerait un cataclysme… Déjà tout son corps fondait et elle savait qu'Abe avait raison. Elle le trouvait aussi attirant aujourd'hui que quatre ans auparavant.

Elle frémit de délice quand les lèvres tièdes d'Abe se posèrent sur les siennes, quand il dessina le contour de sa bouche du bout de la langue, avant de l'embrasser vraiment. Impatiente d'approfondir leur baiser, elle agrippa l'étoffe de sa chemise et l'attira contre elle. Elle sentit, entre ses jambes, la musculature puissante de ses cuisses. Oh ! Seigneur ! Quelle sensation délicieuse !

Ce fut lui qui s'écarta en premier, mais il restait très proche et il contempla longuement son visage levé vers lui. À la sensation de chaleur qu'elle sentait sur ses joues, elle devinait qu'elle devait être toute rose de passion.

— Non seulement nous nous entendons bien, murmura-t-il, mais nous avons *ça* entre nous. Et c'est un bonus plus qu'appréciable…

6.

La douceur des paroles d'Abe l'effleura comme une caresse satinée, aussi enivrante qu'une étreinte.

Qu'avait-elle envisagé quand elle avait décidé de lui annoncer qu'il avait une fille ? Le moins qu'on puisse dire, c'est qu'elle avait mal évalué la situation. Et pas seulement au niveau des conséquences que sa révélation aurait sur sa vie et celle de sa fille.

Comment avait-elle pu croire qu'Abe lui était devenu indifférent ? Alors que pendant quatre ans pas un jour ne s'était écoulé sans qu'elle pense à lui. De plus, elle s'était bercée de l'illusion qu'elle était de taille à affronter quoi que ce soit qui advienne, persuadée qu'au bout du compte, en tant que mère de Tilly, elle aurait toujours le dernier mot.

Mais Abbas Hussein était un prince, et avoir le dernier mot avec lui ne lui paraissait plus aussi évident. Il était aussi un homme d'honneur et de devoir, et c'est pour cela qu'il avait proposé sans hésiter la solution la plus appropriée, selon lui, à cette situation.

Était-elle surprise ? Pas tant que ça. Il l'avait plaquée – et elle pouvait *presque* comprendre sa logique –, mais au fond, elle savait qu'elle ne serait jamais tombée amoureuse d'un homme indigne de son respect.

Quelle que soit la direction dans laquelle elle se tournait, elle parvenait toujours à la même conclusion. Suivant une logique implacable, il avait exposé les raisons qui le poussaient à vouloir ce mariage. Elle le soupçonnait d'avoir dès le début considéré l'affaire comme gagnée, mais il avait fait preuve de prévenance et de patience pour la convaincre.

Et bien sûr, la chose qu'elle aurait dû anticiper – ce qu'elle n'avait pas fait – était arrivée. Elle était de nouveau tombée amoureuse de lui et avec l'amour venait l'espoir, or l'espoir n'avait pas sa place dans sa situation.

Et maintenant ceci…

L'alchimie toujours aussi puissante entre eux. Un simple baiser qui l'avait propulsée au septième ciel, et la confirmation que, même s'il ne l'aimait pas, il la désirait toujours.

Épouse-le, lui murmura une petite voix intérieure. *C'est ce qu'il y a de mieux à faire pour Tilly. Épouse-le et tu n'auras pas à le voir épouser une autre... Tu pourras l'avoir dans ton lit chaque soir, te réveiller près de lui chaque matin...*

Il avait raison, ils s'entendaient bien… quand elle oubliait de se rappeler qu'elle le détestait. Elle savait aussi qu'elle le détestait essentiellement pour l'effet qu'il avait sur elle, à cause des sentiments qu'elle éprouvait pour lui, et non parce qu'il était haïssable.

— Alors ? demanda-t-il en lui caressant la joue. Respect, confiance et… attirance physique mutuelle. C'est suffisant pour un mariage réussi. Suffisant pour donner à notre fille la vie dont elle a besoin et qu'elle mérite, tu ne penses pas ?

— Je… Je n'arrive pas à réfléchir quand tu me regardes comme ça, balbutia-t-elle.

Visiblement enchanté par sa sincérité, il éclata de rire.

— Parfait. Peut-être que je ne veux pas que tu réfléchisses. Peut-être que je veux seulement que tu acquiesces à tout ce que je dis.

— C'est la chose la plus arrogante que j'aie jamais entendue ! s'exclama-t-elle, indignée.

Mais il continuait de rire tout en la toisant et elle eut

de nouveau très chaud. Elle baissa les yeux et sourit à contrecœur.

— Je suppose que c'est logique, admit-elle. Même si je n'avais jamais imaginé que je me marierais par logique.

Tu l'épouses parce que c'est logique, mais aussi parce que tu l'aimes.

Mais il n'en saurait jamais rien. Cet amour n'avait aucun sens, car il ne serait jamais réciproque, mais si elle l'avait vraiment haï, elle n'aurait pas accepté de l'épouser, quelle que soit la justesse de ses arguments.

— Je pourrais avoir une réponse un peu plus franche et enthousiaste ? la taquina-t-il, enfonçant encore un peu plus ses défenses.

— Eh bien, d'accord. Oui, j'accepte ta demande en mariage.

Il pencha la tête en mettant sa main en coupe sur son oreille et il fronça les sourcils.

— J'attendais un « mais »…, dit-il. Et je suis heureux de constater qu'il ne vient pas. Tu prends la bonne décision. Donne-nous une chance et je te promets que je ne vous laisserai pas tomber, Tilly et toi.

Il passa une main le long de sa nuque, puis la fit glisser sur son épaule. Le désir s'éveilla en elle avec une fulgurance qui la désarçonna. Il avait dû percevoir ce changement, car il s'était imperceptiblement rapproché.

— Viens avec moi, murmura-t-il d'une voix ensorcelante.

Effrayée par la rapidité avec laquelle elle succombait, elle fit une faible tentative pour résister à l'intensité de son regard qui était une invitation en soi.

— Je dois m'assurer que Tilly va bien.

Mais elle fut incapable de s'écarter tandis qu'il continuait de doucement lui caresser le cou. Sa main était si douce qu'elle dut retenir un soupir de satisfaction.

— Bien sûr, dit-il.

Mais les vannes étaient ouvertes et elle ne voulait plus les refermer. Elle allait épouser cet homme et il ne faisait aucun doute que ce mariage serait consommé. L'attirance qui les poussait l'un vers l'autre était irrésistible et elle se demandait – elle espérait – qu'elle avait hanté Abe durant ces années comme il l'avait hantée.

— Mais je pense que Tilly va bien, ajouta-t-il. S'il y a le moindre problème, Fatima m'appellera immédiatement. J'ai aussi fait installer une caméra dans la salle de jeux, à laquelle nous pouvons nous connecter si besoin. Fatima sait qu'elle y est, c'est même elle qui m'a conseillé de l'installer…

— Ton père… À quelle heure… ?

— J'irai avant toi, avec Tilly pour qu'il ait le temps de faire sa connaissance. Je pensais partir d'ici dans environ deux heures. Un chauffeur sera à ta disposition pour te conduire au palais de mon père à partir de 18 h 30.

Il s'interrompit pour lui dédier un sourire malicieux, avant de conclure :

— Nous avons donc deux heures de libres pour nous amuser. Tu veux bien t'amuser avec moi, Georgie ?

Elle rougit violemment. Elle avait fait l'amour avec cet homme un nombre incalculable de fois. Ils avaient conçu un enfant ensemble. Et pourtant, quand il la regardait comme en cet instant, elle se sentait comme une jeune vierge le soir de ses noces avec l'homme de ses rêves. Timide, maladroite, mais frémissante d'excitation.

— Allez, oublie les vieux ressentiments, dit-il d'un ton de défi. Je sais que tu me désires, tout comme je te désire. De plus, nous allons nous marier…

Il sourit de nouveau et elle fondit. Son pouls s'accéléra quand il la prit par la main et qu'il l'entraîna à l'étage, dans ses appartements, qui jouxtaient les siens.

Dans l'espoir illusoire de lui cacher son impatience,

elle mit un point d'honneur à vérifier, quand ils passèrent devant la salle de jeux, si Tilly s'amusait bien. Elle n'allait pas se précipiter dans le lit d'Abe sur un simple claquement de doigts ! Même si elle en mourait d'envie.

Elle sentit sa présence masculine derrière elle pendant qu'elle bavardait un peu avec sa fille, mais les sirènes des innombrables distractions qu'offrait sa salle de jeux détournèrent bientôt l'attention de Tilly. Quand Georgie fit de nouveau face à Abe, le regard sombre du prince vibrait de passion.

En guise d'acquiescement à l'invitation muette qu'elle y lut, elle lui prit la main.

Quand ils furent arrivés devant ses appartements, il s'écarta pour la laisser entrer dans un salon aussi vaste que la suite de Georgie. La pièce possédait une touche beaucoup plus personnelle que le reste du palais. Visiblement, pour la décoration de ses quartiers privés, il avait troqué le marbre blanc pour un cadre plus chaleureux où prédominait le bois et où les grands tapis qui délimitaient l'espace jetaient des notes colorées. De même, les tableaux aux murs étaient moins austères. Et nettement plus modernes. Quelques dessins qui semblaient être de Picasso et des tableaux abstraits éclatants de vigueur et de couleurs. Elle s'y sentit immédiatement à l'aise, ce qui lui permit de dire sur le ton de la plaisanterie :

— Je suis aux ordres du roi.

— « Aux ordres » n'est pas une notion que j'associe avec toi, rétorqua-t-il avec un sourire.

— Et pourtant je suis là.

— Tu es là parce que tu le veux bien.

Il s'était avancé vers elle et, ayant repris ses mains dans les siennes, il soutint son regard.

— C'est à cela que ressemblera notre mariage, Georgie, reprit-il d'un ton plus sérieux. Il sera basé sur le consentement, pas la contrainte. Tu as l'impression que je t'ai forcé la main et l'accord auquel nous sommes parvenus n'est pas ce que tu avais prévu quand tu as décidé de me parler de l'existence de Tilly, mais nous nous aventurons l'un comme l'autre en territoire inconnu et nous devons toujours garder à l'esprit que le bonheur de Tilly guidera nos décisions. Tu es d'accord ?

Georgie acquiesça, mais son cœur se serra un peu. Elle se demandait si elle-même occuperait un jour une place dans les calculs d'Abe. Mieux valait ne rien espérer de ce côté, car elle serait inévitablement déçue. Elle était résolue, en revanche, à se focaliser comme lui sur le bonheur de Tilly.

— Et je pense que tu seras d'accord, poursuivit-il en l'attirant vers lui, que des parents heureux sont des parents qui s'entendent bien sur le plan physique…

Elle secoua la tête et le gronda gentiment.

— Abe ! Je n'ai jamais entendu cette définition nulle part !

— Tu aurais dû.

Puis il la plaqua contre lui et l'embrassa avec passion.

— Ne dit-on pas que les gens qui jouent ensemble restent ensemble ? murmura-t-il contre ses lèvres.

— Je pense que les psychologues qui ont lancé cette théorie pensaient plutôt à du sport ou des jeux de société.

Elle riait à présent, parfaitement détendue.

— Dans ce cas, c'est un sérieux oubli de leur part.

Tout en parlant, ils avaient traversé le vaste salon en direction de ce qu'elle devina être la chambre à coucher.

Sa nervosité se mua en impatience. N'avait-elle pas rêvé cet instant pendant de longs mois ? Et même quand ses rêves avaient cessé, Abe avait toujours occupé une place dans un coin de son cerveau.

Elle le suivit dans la chambre où trônait un immense lit. Le soleil entrant par les fenêtres caressait de ses rayons les lourdes draperies de velours. Abe alla tirer les rideaux. L'excitation de Georgie monta d'un cran. Ses yeux s'accoutumèrent à la pénombre et elle le regarda s'avancer vers elle tout en se déshabillant.

Comme si c'était hier, elle se souvenait de la première fois où elle avait couché avec lui. Sa nervosité, le frisson délicieux, les battements erratiques de son pouls, et le sentiment qu'elle était en sécurité avec cet homme.

Curieusement, elle ressentait exactement la même chose en cet instant.

Bientôt il fut à moitié nu et elle contempla, émerveillée, le jeu de sa musculature sous la peau hâlée. Quel modèle de perfection virile, avec ses épaules larges, ses abdos saillants et juste ce qu'il fallait de toison brune sur ses pectoraux ! Un mâle dans toute sa splendeur, irradiant une sensualité troublante... *Tout ça pour elle...*

Pour de bonnes ou de mauvaises raisons, il lui appartenait.

Comment se retrouva-t-elle dans le lit ? Elle n'en savait rien. Quoi qu'il en soit, elle était agenouillée à présent, les mains sur les cuisses, le souffle court alors que le pantalon d'Abe rejoignait sa chemise par terre. Il ne portait plus que son boxer noir dont la bosse témoignait d'un désir aussi puissant que celui qu'elle-même éprouvait.

Quand il la rejoignit dans le lit, elle se pencha vers lui pour accueillir son baiser, qui était étonnamment doux. Elle lui caressa la joue, savourant la sensation de sa peau rugueuse sous sa paume. Il captura sa main et murmura :

— Tu réalises, n'est-ce pas, que nous tournons une page et qu'il n'y aura pas de retour en arrière possible ?

— Que veux-tu dire ?

— Mon lit devient *notre* lit. Nous allons nous marier et j'espère qu'ensemble nous oublierons les blessures anciennes. Plus de luttes, plus de retours sur le passé, plus de récriminations. Je pense que nous devons nous focaliser sur le présent et sur l'avenir, en tant que famille. Nous ne serons peut-être pas la famille telle que tu te l'imaginais, mais ce sera notre famille, celle que nous aurons construite.

Il ferait son possible pour que sa femme et sa fille soient heureuses. Et il savait que le meilleur moyen de rendre Georgie heureuse était de lui rappeler leur exceptionnelle entente au lit. Il ne croyait pas à l'amour, mais il croyait définitivement au pouvoir de l'incroyable alchimie qui existait entre eux. L'amour pouvait causer des blessures terribles. C'est pourquoi il veillerait à ce que Georgie ne se fasse jamais d'illusion sur la nature de leur relation. En revanche, il lui rappellerait la réalité de cette incroyable complicité charnelle qui les unissait et qui suffirait à cimenter leur union…

— Je comprends, dit Georgie.

Il avait raison. Elle allait devoir s'adapter à cette nouvelle vie et tant pis si ça ne correspondait pas à ses rêves de jeune fille. Cela aurait pu être bien pire. Il lui avait d'ailleurs dépeint dans les détails le scénario catastrophe qui se produirait si elle s'obstinait à ne pas l'épouser.

Maintenant que son dilemme était résolu, elle souriait quand il la rejoignit dans le lit. Impatiente de sentir sa peau contre la sienne, elle l'attira contre elle et elle nicha son visage dans le creux de son épaule masculine.

— Cela fait tellement longtemps…, murmura-t-elle dans un soupir.

— Si longtemps que j'ai envie de prendre mon temps… Mais je sais que nous en serons incapables. Déshabille-toi, Georgie, je veux te voir nue. Je veux contempler le corps qui a porté notre enfant.

Abe se demandait comment il était encore capable de parler, car il avait l'impression qu'il allait exploser. Depuis combien de temps attendait-il cet instant ? se demanda-t-il tandis qu'il la regardait ôter son T-shirt, révélant des seins petits mais fermes qui se dessinaient sous un simple soutien-gorge en coton. Nourrissait-il depuis quatre ans le désir secret de la posséder de nouveau ?

Non, c'était impossible !

Mais c'était néanmoins l'impression qu'il eut quand elle dégrafa son soutien-gorge, libérant enfin ses seins. Son désir décupla et il eut du mal à respirer tandis qu'il dévorait du regard sa peau délicate, ses seins exquis, avec leurs bourgeons roses. Toujours avec cette grâce innée, elle se débarrassa du reste de ses vêtements et elle se tint devant lui, la poitrine soulevée par sa respiration saccadée.

— Tu es tellement belle, murmura-t-il d'une voix rauque.

— Toi aussi.

Son cœur se serra et les mots franchirent ses lèvres malgré lui.

— Je suis vraiment désolé de n'avoir pas été à tes côtés pendant ta grossesse et après, Georgie. Je t'aurais demandé en mariage dès cette époque et j'aurais fait tout ce qui est en mon pouvoir pour m'assurer du bien-être de notre fille.

Georgie ne put s'empêcher de remarquer qu'une fois de plus elle-même était reléguée au second plan des préoccupations d'Abe, derrière leur fille, mais elle n'avait pas envie de s'attarder sur ce point maintenant. Il avait raison quand il disait qu'il fallait oublier le passé et toute l'amertume qu'il charriait pour que leur mariage commence sur des bases saines.

Il prétendait que s'il avait su, quatre ans auparavant, qu'elle était enceinte, il l'aurait demandée en mariage.

Aurait-elle accepté de l'épouser ? Bien sûr que oui. Elle aurait été blessée qu'il ne lui ait pas dit qui il était plus tôt, mais elle aurait accepté ses explications pour cet incognito.

— Arrêtons de parler maintenant, dit-elle.

Elle fit glisser ses mains le long du torse de son compagnon, jusqu'à la ceinture de son boxer, et elle sentit l'érection qui tendait l'étoffe.

— Tu as raison, chérie, gronda-t-il. Nous avons bien mieux à faire.

Toujours enlacés, ils se laissèrent tomber sur le lit. Ils se caressèrent avidement, leurs mains retrouvant les réflexes de leurs étreintes passées.

Quand elle se fut rassasiée de caresses, elle voulut explorer son corps sublime avec la bouche. Elle posa la main sur le torse d'Abe pour l'immobiliser. Puis, du bout de la langue, elle taquina un mamelon qui se dressa, avant de poursuivre son exploration le long de son torse, savourant le goût de sa peau tiède et la puissance de ses muscles. Quand elle caressa l'intérieur de ses cuisses, elle sourit en l'entendant étouffer un gémissement. Satisfaite de constater qu'il était aussi consumé de désir qu'elle, elle prit son sexe dressé dans sa bouche.

Au prix d'un effort surhumain, Abe réussit à ne pas s'abandonner au plaisir immédiatement. Savourant les sensations qui l'envahissaient, il baissa la tête et la regarda tandis qu'elle le taquinait avec la bouche, avec la langue, faisant culminer son excitation à un point presque insoutenable, jusqu'à ce que, incapable de supporter une seconde de plus l'exquise torture, il déplace le corps souple de sa compagne de sorte qu'il puisse à son tour explorer le cœur de sa féminité et lui rendre le plaisir qu'elle lui procurait.

Au milieu de ce délire sensuel, Abe eut l'étrange sensation d'avoir trouvé son havre. Il savait que c'était parce que leur relation avait pris une tournure nouvelle. Elle était à présent la mère de sa fille et cela lui donnait un statut spécial, que personne ne pourrait remettre en cause. Cette situation nouvelle et inédite expliquait sans doute aussi l'intensité de son plaisir.

À l'ondulation des hanches de sa compagne, à la tension qu'il sentait monter en elle, il sut qu'elle était parvenue au bord de l'orgasme. Et il n'en était pas loin non plus. Jamais il n'avait été aussi excité. Mais il connaissait le corps de cette femme – tellement bien – et il savait jusqu'à quel point il pouvait l'exciter avant, d'une poussée, la faire jouir.

Sentant le moment approcher, il s'écarta d'elle et il l'allongea sur le dos. Trouver un préservatif dans le tiroir de la table de chevet fut l'affaire de quelques secondes et, quand il la pénétra, il put enfin se griser de la chaleur accueillante de son corps.

Le sang-froid de Georgie ne tenait plus qu'à un fil et Abe n'eut besoin de plonger que deux fois en elle pour qu'un orgasme puissant la catapulte dans la stratosphère. Elle eut la sensation de se noyer dans un océan de sensualité et elle enfonça instinctivement les ongles dans le bas du dos de son amant. Tandis que les vagues du plaisir déferlaient en elle, elle sentit qu'Abe jouissait à son tour, ce qui décupla son propre plaisir.

Son corps, si longtemps endormi, avait repris vie avec l'intensité explosive d'un torrent sortant de son lit.

Le râle que l'extase arracha à son amant résonna comme la plus douce des musiques à ses oreilles et elle savoura le poids de son corps contre le sien quand il s'abattit sur elle, repu de plaisir.

Quelques minutes s'écoulèrent ainsi, dans le silence

entrecoupé seulement de leurs souffles qui reprenaient lentement leur rythme normal, puis il roula sur le côté et la contempla, le regard rêveur. Enfin, il tendit la main et, ébouriffant sa courte chevelure noire, il lui sourit.

— Je ferais mieux d'aller m'habiller, dit-il. Mon père est impatient de faire ta connaissance et celle de sa petite-fille, et je dois encore boucler quelques dossiers avant que Tilly et moi nous rendions chez lui.

— Et moi je devrais aller dans ma chambre et songer à prendre un bain.

— Je ne pense pas, non, dit-il d'une voix traînante. Je te rappelle que c'est ici ta chambre, dorénavant. La porte communicante entre nos deux suites peut être ouverte, de sorte que nous puissions tous les deux avoir accès à la chambre de Tilly si nécessaire.

Georgie ferma les yeux. De toute évidence, leur vie commune commençait maintenant, car elle se doutait que la cérémonie officielle de leur mariage ne serait pas organisée à la va-vite. En attendant, elle partagerait déjà sa suite et son lit.

Où cela les mènerait-il ? Elle réprima un frémissement d'optimisme. Elle devait rester raisonnable si elle voulait que ce mariage fonctionne. Jamais l'amour qu'elle éprouvait pour le prince ne serait partagé. Ils n'étaient ensemble qu'à cause de Tilly.

Et pourtant…

— Il faudra que nous parlions des… aspects formels, dit-elle d'un ton posé.

— Tu veux parler du protocole ? demanda-t-il.

— Oui.

— Ta vie sera beaucoup moins cadrée que tu ne l'imagines. Demain, je te ferai faire le tour du propriétaire. Tu n'as vu qu'une partie du palais. Il y a aussi une salle de sport et deux piscines, l'une intérieure, l'autre extérieure.

La principale différence avec votre vie d'avant, c'est que vous pourrez avoir tout ce dont vous aurez envie.

— Ce qui n'est pas nécessairement une bonne chose, fit-elle remarquer. Surtout pour un enfant. Tilly te fera tourner en bourrique si elle sent que ses désirs sont des ordres.

Abe éclata de rire. Il aurait déjà dû être en route vers son bureau où des dossiers l'attendaient, mais quand Georgie le regardait avec ce mélange de gravité, de calme et une pointe d'appréhension et de doute, il n'avait qu'une envie : passer l'après-midi au lit avec elle.

Il réalisa que s'il avait suivi son destin et épousé une femme de son milieu, habituée à vivre une existence privilégiée, celle-ci ne se serait sans doute pas souciée que leurs enfants gardent les pieds sur terre. Et ceux-ci auraient sans doute grandi en se sentant supérieurs au commun des mortels ; ce qui aurait été une erreur.

— De plus, poursuivit-elle, je ne peux pas rester toute la journée à ne rien faire d'autre que de claquer des doigts et de me faire servir.

— C'est une longue conversation en perspective. Malheureusement, ce sera pour une autre fois, car du travail m'attend.

— Mais nous aurons cette conversation, lui assura-t-elle.

La merveilleuse intimité qu'elle venait de partager avec lui l'emplissait de joie, mais ce n'est pas pour autant qu'elle devait se laisser dicter sa conduite.

— Bien sûr que oui, répondit Abe.

Il avait repris son sérieux, comprenant sans doute que

la question lui tenait à cœur. Il revint vers elle et s'assit sur le bord du lit.

— Tu as fait un boulot fantastique avec Tilly, dit-il. Tu crois vraiment que je t'empêcherai de continuer une fois que nous serons mariés ? Quant à te prélasser et claquer des doigts… Je ne te vois pas vivre ainsi. Tu serais trop malheureuse.

Il sourit et se leva.

— Si tu veux, je peux réserver un créneau dans mon agenda pour cette conversation, la taquina-t-il. Car à l'expression de ton visage je vois que tu me soupçonnes de vouloir l'éviter.

— J'espère que l'expression de mon visage te dit aussi que c'est moi qui vais devoir renoncer à la vie que je connaissais pour recommencer à zéro ici, avec toi, pour le bien de Tilly. Je ne veux pas découvrir que rien n'est prévu pour m'aider à m'adapter à ce changement radical.

— Je comprends, Georgie. Fais-moi confiance, je m'en occuperai.

Malgré cette promesse, elle n'était pas plus rassurée. Elle resta dans le lit durant tout le temps où il prit sa douche, puis qu'il s'habilla.

Il était tellement beau qu'elle sentait ses réserves de volonté s'amenuiser à vue d'œil. Ce serait tellement facile de retomber complètement sous son charme et de lui faire aveuglément confiance. Mais elle ne devait pas oublier que c'était elle qui avait le plus à perdre dans cette affaire. Car c'était elle qui était amoureuse de lui ; elle qui courait le risque de nourrir des rêves et des illusions qui ne se réaliseraient jamais.

Une fois qu'ils seraient mariés, elle serait plus vulnérable que maintenant et si elle ne pouvait compter sur personne pour la soutenir, elle finirait perdue, même si ce n'était pas l'objectif d'Abe. Comment s'assurer qu'il ne la mettrait pas sur la touche, une fois qu'il aurait obtenu tout ce qu'il voulait ?

Une partie d'elle-même lui faisait confiance. C'était peut-être stupide, mais c'était le seul moyen, si elle voulait trouver sa place ici. Il était l'ancre à laquelle elle pourrait s'accrocher.

Quand il fut habillé d'un jean sombre et d'un T-shirt blanc, Abe se tourna vers elle.

— Tu seras prévenue quand le chauffeur sera là, dit-il. Et tu as mon numéro de portable, n'hésite pas à m'appeler si besoin. Veux-tu que je demande à Fatima de t'amener Tilly ? Il va falloir lui annoncer que nous partageons la même chambre à partir de maintenant. Demain, nous lui expliquerons la situation : qui je suis et ce qui va changer dans sa vie.

Georgie se contenta d'acquiescer. Elle écarta les pensées qui la perturbaient, consciente qu'elles ne la mèneraient nulle part, maintenant qu'elle avait pris sa décision.

Demain, la nouvelle vie qu'il avait évoquée allait commencer, mais à chaque jour suffit sa peine. Aujourd'hui, elle allait faire la connaissance du père d'Abe. Elle s'efforça de garder son optimisme, bien que sa zone de confort fût bel et bien loin derrière elle.

7.

Les jours suivants s'enchaînèrent en un tourbillon pour Georgie. Elle rencontra le père d'Abe, qui l'accueillit chaleureusement. Le fait qu'elle soit la mère de Tilly expliquait sans doute la facilité avec laquelle elle était acceptée, mais elle préférait ne pas s'attarder sur cette idée.

Si elle commençait à se poser trop de questions, elle parviendrait à la conclusion qu'elle faisait seulement partie d'un lot dont l'élément essentiel était Tilly, et elle ne voulait pas remettre en question les choix qu'elle avait faits.

Tilly, pour sa part, était ravie. Elle adorait son nouvel environnement, tout cet espace à sa disposition, les vastes jardins, où elle pouvait courir à sa guise, et par-dessus tout, elle adorait Abe.

Ils lui avaient dit qui il était et elle avait accepté le fait qu'elle avait maintenant un papa avec l'enthousiasme joyeux d'une enfant de trois ans, trop jeune pour se poser des questions.

Georgie n'avait accepté d'épouser Abe que depuis quelques jours, mais déjà les changements se mettaient en place. Bientôt, elle allait rencontrer l'équipe chargée de coordonner l'extravagant mariage. Elle avait été présentée à plusieurs membres de sa famille et cela ne faisait que commencer. En effet, elle avait compris qu'on attendait qu'elle s'immerge dans le monde d'Abe, où tout tournait autour de lui et où sa présence était recherchée.

Finalement, c'est un membre de son personnel qui lui avait fait visiter le palais. Tout en marchant à une distance respectueuse derrière elle, l'homme lui avait vanté le savoir-faire ancestral des artisans locaux et expliqué en détail l'origine de chaque œuvre d'art.

Et bien sûr, elle avait maintenant toute une armada pour l'aider à s'occuper de Tilly. Le temps qu'elle consacrait à sa fille n'était plus limité aux week-ends ou aux heures après le travail. À présent, leurs moments ensemble duraient aussi longtemps que Georgie le souhaitait et quand elle avait envie de nager quelques longueurs dans la piscine, de lire un peu ou de répondre à ses mails, elle pouvait compter sur Fatima, ou l'autre nurse, pour prendre la relève auprès de la fillette.

Une sensation d'irréel nimbait sa vie et au milieu de ce flou Abe était plus que jamais son point de repère.

Il se montrait un compagnon prévenant, un père dévoué et un amant incroyable… et elle n'essayait même plus de nier les sentiments qu'elle éprouvait pour lui.

Peu à peu, cependant, elle prenait de l'assurance. Elle n'attendait pas qu'il régente chaque aspect de sa vie et, maintenant qu'il l'avait présentée à des gens, et qu'elle commençait à se repérer dans l'immense palais, elle se disait qu'elle finirait par s'y faire.

Il était autour de 18 h 30 et elle l'attendait dans le salon qui donnait sur la piscine où elle venait de passer deux heures avec Tilly et Fatima.

Elle portait une robe fluide et fleurie à manches courtes qui descendait à mi-mollet. Ce vêtement faisait partie de sa nouvelle garde-robe. Elle avait accepté de se laisser guider pour les tenues de cérémonie traditionnelles, mais c'est elle qui avait choisi tout le reste, ainsi que les chaussures et les accessoires.

Elle avait mis le holà quand le plus grand bijoutier du

royaume était venu lui présenter des bagues, des boucles d'oreilles et des colliers sublimes, sur leur lit de velours pourpre.

— Je ne me sentirais pas à l'aise en portant des bijoux en dehors des grandes occasions, avait-elle dit à Abe.

Quand ils furent seuls, plus tard, à la table du dîner, Abe lui avait avoué avec un sourire malicieux qu'elle était la première femme qu'il rencontrait qui n'était pas intéressée par les bijoux.

Elle rougit car, tout en parlant, de son pied nu il lui avait caressé la jambe sous la table, pendant qu'une armée de domestiques s'affairait autour d'eux.

— J'aime les bijoux, dit-elle. Mais j'ai plutôt l'habitude de porter des bijoux fantaisie quand je dois me rendre au supermarché.

— Tu n'iras pas faire tes courses au supermarché ici.

— Et ça me manque, dit-elle sincèrement. Je n'aurais jamais cru que le supermarché pourrait me manquer !

Contre toute attente, il s'était contenté de hocher la tête en la regardant attentivement.

— Je comprends, dit-il.

— Vraiment ? Comment est-ce possible alors que tu n'as jamais mis les pieds dans un supermarché ?

Le sourire de son compagnon s'était élargi et elle sentit son pied remonter le long de sa jambe. Il jubilait parce qu'il savait parfaitement l'effet que sa caresse avait sur elle.

— Détrompe-toi, poursuivit-il. Tu oublies que j'ai fait mes études à Cambridge. Je parle donc d'expérience.

— Tu prétends que tu n'envoyais pas un de tes gardes du corps faire les courses à ta place ?

Il éclata de rire.

— J'avoue que, parfois, j'ai été tenté de le faire.

— Quel gosse gâté tu devais être !

Abe reprit son sérieux et il s'absorba quelques instants dans ses pensées avant de reprendre :

— Ma mère était très terre à terre, malgré son rang élevé. C'est un trait de son caractère que je me rappelle. Elle avait la volonté de m'inculquer le sens de la discipline, et de ne pas tenir pour acquis les privilèges que confère la naissance. Malheureusement, quand elle est morte, mon père s'est renfermé sur lui-même pendant très longtemps. Quand il a émergé de son deuil, nous avions tous les deux changé irrévocablement. J'avais grandi de mon côté et lui… À l'éducation équilibrée que préconisait ma mère, il a substitué une abondance matérielle qui était autant de preuves d'affection à ses yeux. Je pense qu'il ne savait pas comment me prendre, et la mort de ma mère l'avait laissé complètement désemparé. J'ai eu tout ce que je voulais.

— C'est vraiment triste. Perdre la femme que vous adoriez a bouleversé votre vie.

Pour avoir vécu une expérience semblable, Georgie compatissait. Elle comprenait aussi mieux maintenant pourquoi Abe voulait à tout prix protéger Tilly, et pourquoi il refusait de tomber amoureux, comme si réprimer ses émotions pouvait éviter de souffrir. À son expression, elle avait compris qu'il n'aimait pas évoquer cette période de son enfance et elle ne fut pas surprise quand il dévia la conversation sur un sujet moins chargé d'émotions.

— Les gardes du corps faisaient partie du marché, dit-il d'un ton plus enjoué. Très contraignant en fait, parce que quand j'ai été plus âgé, j'ai saisi toutes les occasions possibles pour aller au supermarché et acheter tout et n'importe quoi.

Georgie éclata de rire. Elle adorait son humour pince-sans-rire ! Il était irrésistible.

— Pour en revenir à ton père, poursuivit-elle rêveusement, peut-être qu'après avoir perdu sa femme avait-il peur de te perdre aussi… D'où les gardes du corps, les cadeaux et l'absence de contraintes.

— Tu as peut-être raison, reconnut-il d'une voix légèrement crispée. Mais il aurait aussi pu essayer de simplement passer du temps avec moi, ou de m'apporter un soutien moral…

Mais les confidences s'arrêtèrent là et elle n'insista pas. Le fait qu'il lui ait parlé de son passé l'avait profondément émue et elle n'avait pas pu s'empêcher d'espérer que leur relation prenne une autre dimension, au-delà de cette bonne entente dont Abe se satisfaisait visiblement. Le soir, il lui avait fait l'amour avec une douceur bouleversante. Ce qui la conforta dans son espoir naissant.

S'arrachant à sa rêverie éveillée, elle sourit en entendant ses pas sur le sol de marbre. Une excitation familière la gagna quand il apparut dans l'encadrement de la porte, sexy en diable dans son costume en lin clair qui mettait en valeur son teint cuivré et sa chevelure noire.

Il l'emmenait dîner dehors et elle était impatiente de découvrir les richesses de la cuisine locale. Dès qu'il s'agissait de nourriture, son côté chef reprenait le dessus et chaque jour elle découvrait avec délices de nouvelles saveurs.

— Tu es superbe, dit-il en s'avançant vers elle.

Georgie se leva du canapé et le rejoignit. Quand elle fut devant lui, il lui prit les mains.

Elle était incroyable. Une simple robe qui flottait autour d'elle sans souligner ses formes réussissait mystérieusement la prouesse d'exciter son instinct de mâle. Les mains de Georgie étaient douces et tièdes entre les siennes et ses grands yeux levés vers lui avaient cette expression réservée qu'il connaissait si bien.

Aurait-elle toujours peur de souffrir par lui ? Ou finirait-elle par lui faire confiance ? Il ne pouvait s'empêcher de penser que s'il n'avait pas été un prince, avec les exigences de sécurité que cela impliquait pour leur fille, elle ne serait pas ici avec lui à présent. S'il avait été un ex-amant ordinaire, elle aurait refusé de l'épouser.

Mais elle avait accepté, alors que cela l'obligeait à renoncer à ses projets romantiques. Il avait beau tout mettre en œuvre pour qu'elle se sente chez elle au Qaram, il ne lui donnerait jamais la vie de conte de fées qu'elle avait imaginée.

Il n'y avait pas de place dans sa vie pour ces sentiments qui ne généraient que de la souffrance. Il devait se concentrer sur la conduite de son royaume et la politique exigeait qu'on ne se laisse pas guider par ses émotions. L'amour rendait faible, et un monarque faible ne pouvait pas diriger correctement un pays. Son père en était un parfait exemple. C'était donc à Abe de faire les sacrifices que son père avait été incapable de faire pour que le royaume ait à sa tête le dirigeant dont il avait besoin.

Mais dans ces limites, il ferait le nécessaire pour rendre la vie de Georgie la plus agréable possible. Et c'était un grand avantage que leur entente sur le plan physique soit toujours aussi fantastique. Comme il le lui avait dit : le sexe et l'amitié étaient les meilleures bases pour un mariage.

Dans la vie, on ne pouvait pas tout avoir.

— Où allons-nous ? demanda-t-elle. J'espère que ce n'est pas un endroit trop habillé, car dans ce cas, je n'ai pas la bonne robe.

— C'est un endroit totalement décontracté.

— J'ignorais que les princes fréquentaient de tels endroits, fit-elle d'un ton moqueur.

Quand il l'invita à monter dans un 4x4 dont il prit le volant, elle fut visiblement surprise. Mais elle ne dit rien jusqu'à ce qu'ils aient franchi le portail du palais et qu'il s'engage sur l'avenue qui longeait sa résidence.

— Tu as le droit de faire ça ? demanda-t-elle.

— Faire quoi ?

— Sortir sans garde du corps. Conduire toi-même.

Il esquissa un sourire.

— Le Qaram est probablement l'un des pays les plus sûrs au monde. La présence d'un garde du corps est parfois nécessaire, je le reconnais, mais généralement je les réserve pour mes voyages à l'étranger. Je m'en passerais volontiers, mais Jared, mon responsable de la sécurité, s'inquiéterait. Entre lui et mon père, j'ignore lequel est le plus stressé.

Georgie se détendit. L'air du soir était doux et la brise qui s'engouffrait par la vitre baissée balayait ses cheveux courts dans tous les sens. Elle jeta un regard par en dessous à son compagnon. Il conduisait tranquillement, le bras gauche posé sur le rebord de la vitre baissée. La nuit commençait à tomber. Ils avaient quitté la ville et la verdure avait cédé la place aux dunes. La route était encore bordée de palmiers çà et là et au loin, elle pouvait apercevoir la mer.

Pendant un instant, Georgie s'autorisa à laisser son esprit vagabonder, imaginant qu'elle vivait une aventure romantique, avec un homme qui se souciait réellement d'elle. Ils s'entendaient merveilleusement bien au lit, ils avaient une fille, ils appréciaient tous les deux la bonne cuisine, mais ils n'étaient jamais « sortis » ensemble au sens où on l'entendait généralement. Ils n'avaient jamais eu ce genre de rendez-vous où vous vous rendiez le cœur battant d'espoir. Eh bien, ce soir, elle avait l'impression qu'elle avait rendez-vous avec lui.

La jeep quitta la route et bifurqua en direction de la mer, sur une piste qui débouchait sur une villa.

— Où sommes-nous ? demanda-t-elle.

À cet instant, comme ils approchaient de la maison, des lumières s'allumèrent automatiquement et elle découvrit une magnifique bâtisse blanche surplombant la mer.

— Bienvenue dans mon refuge.

— Tu as un refuge ?

Sa surprise le fit éclater de rire. Il coupa le contact, puis il se tourna vers elle.

— J'aurais dû dire *notre* refuge. Je t'ai emmenée ici pour te montrer que nous avons d'autres résidences que le palais. Je sais que tu le trouves intimidant, et je ne te blâme pas.

— Tilly s'y plaît beaucoup, dit-elle en lui retournant son sourire. Selon elle, c'est marrant de rouler dans les couloirs avec sa petite voiture.

— Elle fait ça ?

— Ne fais pas l'innocent, je t'ai vu l'encourager.

— Pourquoi pas ? Ce n'est qu'une maison, après tout. Mais je pense que cette villa représentera un changement rafraîchissant pour toi.

Il pensait à elle. Pour une fois, elle n'était pas un post-scriptum à la suite de ses préoccupations pour leur fille. Son cœur fondit à cette pensée.

Tandis qu'elle s'abandonnait à une douce rêverie, il descendit de la voiture et vint ouvrir la portière passager.

— C'est ici que nous allons dîner, annonça-t-il. Et il n'y aura que nous. Pas de domestiques. J'ai fait préparer un repas léger, il nous attend.

— C'est très gentil de ta part, dit-elle.

Touchée par cette attention, elle lui emboîta le pas et ils se dirigèrent vers la villa. Celle-ci était certes petite comparée au palais, mais elle était vaste par rapport à une maison ordinaire. Elle le prit par la main.

— Tu découvriras que je peux être très attentionné, murmura-t-il.

— Je m'étonne que tu aies besoin d'un refuge.

Quel calme ! L'obscurité silencieuse les entourait, troublée seulement par le léger murmure du vent qui balayait l'étendue infinie des dunes qui se jetaient dans la mer. C'était majestueux.

— Je pensais que tout le monde en avait besoin, répondit-il.

— Peut-être, mais je n'aurais pas cru ça de toi.

Sa remarque le fit rire. Mais ils étaient arrivés devant la porte et il l'invita à entrer.

Une fois à l'intérieur, Georgie parcourut le hall d'entrée du regard. Le parquet en bois patiné le rendait chaleureux et accueillant. D'un côté, un escalier menait à l'étage et en face de l'entrée, des portes ouvraient sur des pièces, dont certaines, vu leur orientation, devaient donner sur la mer.

Il la conduisit dans la vaste cuisine où le couvert avait été dressé. La plus fine porcelaine, les verres en cristal, les mets délicieux gardés au chaud sous des cloches en argent… Tout était parfait !

Et tout ça pour elle… Qu'il veuille l'admettre ou non, cette mise en scène trahissait plus que de la simple attention, non ?

— Cela nous change un peu, n'est-ce pas ? dit-il en allant prendre une bouteille de vin au frais.

— Un changement fantastique, approuva-t-elle en s'asseyant.

Son cœur se mit à battre à tout rompre quand il se pencha vers elle, une main sur chaque accoudoir de son fauteuil.

— Il y a quelque chose que je voudrais te dire…, murmura-t-il.

Troublée par l'intensité de son regard sombre, elle sentit qu'elle rougissait. Elle aurait voulu attraper son verre de vin pour se donner une contenance, mais celui-ci était hors d'atteinte. De plus, elle était pratiquement prisonnière de ses bras masculins. Il la contempla un long moment en silence, avant de s'écarter et d'aller s'asseoir en face d'elle. Suspendue à ses lèvres sublimes, elle attendait qu'il parle, pleine d'espoir. Serait-ce enfin la déclaration d'amour qu'elle rêvait d'entendre ?

— C'est une première pour moi, Georgie, reprit-il d'un ton sérieux qui doucha un peu ses espoirs. Cette villa a toujours été mon espace privé, car, oui, comme tout le monde, j'aime avoir un endroit pour me détendre, loin du stress de mes obligations officielles. Je n'ai jamais emmené personne ici, mais je veux que tu considères cette maison comme la tienne, et je voulais te proposer que nous en fassions notre résidence principale. Le palais nous servira pour les grandes occasions. Le personnel pourrait être réduit au strict minimum, et pas nécessairement à plein temps. Pour le moment, tu ne te sens pas chez toi au palais, et je pense qu'en passant du temps ici, tu t'adapteras mieux à ta nouvelle vie.

Elle réussit à masquer sa déception et à afficher un sourire reconnaissant. Mais la facilité avec laquelle elle s'était imaginé qu'il allait lui déclarer sa flamme était très inquiétante. Elle allait devoir s'armer de patience, cette « vertu inestimable », comme disait souvent son père. Chaque chose en son temps.

Elle était foncièrement romantique, elle le savait, mais elle n'était pas idiote. Elle n'allait pas laisser ses sentiments pour Abe perturber son acclimatation à son nouvel environnement. Jusqu'à présent, elle dépendait énormément de lui pour se repérer, il était temps qu'elle se fixe ses propres objectifs pour y parvenir.

— C'est une idée formidable ! s'exclama-t-elle.

Son sourire était franchement chaleureux à présent.

— Tu as raison, c'est beaucoup moins intimidant de vivre ici qu'au palais. Je t'avoue que ça m'a manqué… Un espace à moi… Même si je n'aurais plus tout le temps des gens pour m'aider. J'ai envie d'avoir ma cuisine, de cuisiner un peu, pour commencer…

— Bien sûr, Fatima sera toujours disponible et elle peut même vivre avec nous, si tu veux. Il y a une suite indépendante où elle pourrait loger. Je n'ai jamais été attiré par les rituels domestiques, mais je suis d'accord, ce serait agréable d'avoir un peu moins de personnel. Avoir un enfant m'a certainement ouvert les yeux à ce propos.

— J'ai autre chose à ajouter.

— Ça va me plaire ? Ce genre d'introduction débouche rarement sur une bonne nouvelle. Mais vas-y, je t'écoute.

— Tu as insisté pour que nous nous mariions. Pour toi, c'était la seule solution, mais…

Georgie hésita. Le lieu et le moment étaient-ils bien choisis pour avoir cette conversation ? Mais elle savait qu'elle devait lui dire ce qu'elle avait sur le cœur.

— Notre relation…, reprit-elle. C'est vrai, nous nous entendons bien, et je ne nie pas que j'apprécie beaucoup… ce que nous faisons… ensemble…

Il lui dédia un sourire craquant.

— Tu veux dire le « sexe », Georgie ? Je trouve fascinant que tu sois complètement désinhibée au lit, que nous fassions les choses les plus dévergondées et que tu rougisses comme une vierge quand il s'agit d'en parler. Je t'avoue que j'aime beaucoup quand tu fais ça.

— Le sexe n'est pas éternel, dit-elle catégoriquement.

— La passion peut diminuer, effectivement.

— Et quand les choses changeront entre nous… Quand la passion diminuera, je m'attends à ce que tu me restes fidèle.

Elle le scruta attentivement, prompte à déceler la plus petite hésitation dans sa réponse, mais son expression restait indéchiffrable. Son silence la poussa à poursuivre :

— Je ne pense pas être trop exigeante. Tu vas peut-être trouver ça ridicule, mais c'est ainsi que j'ai été élevée. Pour moi mariage rime avec fidélité. J'ai trop vu les dégâts que causaient les infidélités des parents dans les familles. Tu penses que deux parents vivant ensemble, quelles que soient les circonstances de leur mariage, c'est toujours mieux que des parents séparés, pour les enfants, mais l'adultère cause des dégâts que je ne pourrais jamais accepter…

— Tu as ma parole.

— Oh… OK. Parfait, dit-elle en poussant un soupir de soulagement.

— Tu n'avais pas besoin de le demander, dit-il d'un ton posé. Je n'ai jamais été un coureur de jupons.

— Je devais m'en assurer.

— Oui. Et maintenant, considérons le sujet réglé. Non seulement tu as ma parole sur ce point, mais je te promets que si un jour j'étais tenté de faire une encoche au contrat, je te le dirais et surtout, je te laisserais libre de me quitter.

Elle hocha la tête en signe d'assentiment.

— Et la même règle s'applique à toi, naturellement, ajouta-t-il.

— Ce n'est pas mon genre d'aller voir ailleurs.

— Comment peux-tu en être sûre ? Je sais que tu as été élevée dans le respect des grands principes, mais dans la vie, rien n'est gravé dans le marbre. Quand tu grandis au milieu du désert, tu apprends que ce qui semble immuable peut parfois se transformer complètement du jour en lendemain sous une tempête de sable. J'ai eu pas mal d'expériences, toi très peu. Qui te dit que tu ne seras pas un jour tentée par la nouveauté, l'inédit ?

— Tu me connais mal si tu crois ça.

Sa véhémence le fit sourire.

— Dans ce cas, restons-en là et faisons honneur au dîner. Ensuite, je te ferai visiter la villa.

Georgie se détendit. Il n'était pas amoureux d'elle – pas encore –, mais il se donnait beaucoup de peine pour que leur mariage fonctionne. Il n'attendait pas le premier prétexte pour la tromper et elle était convaincue de sa sincérité.

Tout comme elle, il avait des principes.

Le repas fut exquis. Ils mangèrent en toute décontraction, à la table de la cuisine, et elle savoura chaque bouchée. Il l'égaya par des anecdotes tirées de l'histoire de son pays. Envoûtée par sa voix grave et sa beauté virile, elle le contemplait. Peut-être qu'elle finirait par se lasser de lui un jour, mais pour l'instant, la simple perspective qu'ils allaient faire l'amour la faisait vibrer d'anticipation.

Comme promis, il lui fit visiter la villa. Les tableaux aux couleurs vives étaient l'œuvre d'artistes locaux. Il lui parla de son amour de la peinture, de ce carnet de croquis qu'elle avait toujours sur elle à Ibiza. Elle pourrait s'impliquer dans le Conseil pour les arts du royaume, si elle le souhaitait. C'était une bonne façon de rencontrer des gens et de faire profiter le Conseil de son expertise dans le domaine de l'art.

Dans cette atmosphère détendue, sans la présence du personnel, ils purent discuter les détails de leur arrangement. Leurs obligations sociales, l'école de Tilly, l'appartement de Georgie à Londres, qu'elle aurait voulu garder si Abe ne l'avait pas convaincue que c'était impossible.

Abe essayait de deviner ce que Georgie pensait. Il avait prévu que le calme de la villa, la proximité de la mer lui plairaient. À la lumière du jour, elle aimerait la vue splendide sur l'océan et les dunes.

Sentant qu'elle était détendue, il profita de l'occasion pour discuter tous les sujets qu'ils n'avaient pas encore eu le temps d'aborder en profondeur jusqu'à présent. Elle l'écouta et accepta ses propositions sans faire trop d'objections.

Paradoxalement, cette absence de résistance, de combativité de la part de la jeune femme, le contraria. Au fond, il culpabilisait, car Georgie consentait à plus de sacrifices que lui dans cette affaire. Mais il se ressaisit aussitôt. Il n'avait pas à se sentir coupable ! Il ne lui ferait aucune fausse promesse. En revanche, il savait qu'il lui offrait une vie détachée de toute contingence matérielle qu'elle finirait par apprécier.

— Ce n'est pas la peine de ranger, lui dit-il quand elle commença à débarrasser la table. Ce sera fait après notre départ.

Elle rougit, avant de hausser les épaules d'un air dédaigneux. Il ne sut pas comment alléger la tension qui régnait soudain entre eux. Mais il connaissait un moyen de retrouver leur équilibre. *Sa* zone de confort.

Il la prit par la taille et l'attira contre lui. Elle éclata de rire et il la souleva dans ses bras. Comme il s'y attendait, elle noua les bras autour de ses épaules tandis qu'il se dirigeait vers la porte. Ainsi qu'il l'avait espéré, il la sentit se détendre complètement.

— Il est temps de retourner au palais, dit-il.

Il plongea son visage dans le creux de son épaule délicate et il la sentit frissonner au contact de ses lèvres.

— J'ai des envies, poursuivit-il. Et parler n'en fait pas partie...

8.

— Demain, nous donnerons une conférence de presse pour annoncer officiellement notre mariage, la prévint-il le lendemain matin, pendant qu'ils déjeunaient dans le patio avec Tilly.

Il avait réussi à lui glisser l'information entre deux questions que posait la fillette.

— Je pensais que tout le monde était déjà au courant pour nous…

Georgie avait l'impression que sa vie se déroulait à vitesse accélérée et qu'elle ne contrôlait plus rien. Elle était venue au Qaram pour permettre à Tilly – et à elle-même – d'apprendre à connaître le pays où sa fille se rendrait deux fois par an. Avait-elle prévu de coucher avec Abe ? Non.

En fait, depuis qu'Abe était revenu dans sa vie, elle avait renoncé aux certitudes qui jusque-là régentaient le quotidien tranquille qu'elle s'était construit. En acceptant de l'épouser, elle savait que son monde serait bouleversé. Elle allait rencontrer des gens qu'elle n'aurait jamais rencontrés, elle allait vivre une vie qu'elle n'aurait jamais crue concevable.

Quant à la rancune qu'elle pensait à jamais nourrir contre lui… Elle s'était purement et simplement évaporée. Elle était tombée de nouveau amoureuse de lui et cette fois il ne s'agissait plus d'une simple toquade. Ils avaient un enfant ensemble et les sentiments qu'elle ressentait pour lui étaient profonds et puissants.

Et pour couronner le tout, elle se trouvait maintenant confrontée à un autre défi qu'elle n'avait pas anticipé : adieu le confort de l'anonymat ! C'était le revers de la médaille de la vie luxueuse qu'elle allait désormais mener.

— C'est le protocole qui l'exige, répondit Abe, avant de s'adresser à leur fille : Tilly, tu comptes manger cette tartine, ou tu vas jouer avec encore longtemps ?

— Jouer avec ? répondit la fillette, pleine d'espoir.

Puis elle enchaîna sur le sujet qui lui tenait à cœur ce matin :

— Je veux aller à la piscine. J'ai chaud !

Georgie contempla sa fille avec attendrissement. Elle avait tellement changé. Elle était plus animée, plus énergique, plus curieuse. Sous la caresse du soleil, sa peau avait pris la même teinte cuivrée que celle de son père et elle resplendissait de santé.

Les journées passées à la crèche, gambader à l'air libre seulement les week-ends… ce temps était fini. Mais avant tout, la joie de la petite fille venait de la présence de son père. Abe trouvait toujours des moments dans sa journée surchargée à lui consacrer.

Ce qui était aussi positif pour Georgie, elle ne le niait pas. C'était agréable de partager les responsabilités de parent avec quelqu'un d'autre. Et encore plus agréable d'avoir quelqu'un avec qui s'émerveiller des petites choses que Tilly disait ou faisait.

Abe était un père fantastique et Tilly l'adorait. Chaque fois qu'elle les voyait ensemble, Georgie ne regrettait pas d'avoir accepté de l'épouser.

— D'abord les leçons, ensuite la piscine, Tilly, trancha Abe d'une voix douce mais ferme.

Les leçons auxquelles il faisait allusion étaient celles

que prodiguait une jeune fille à Tilly, qui – intelligente et vive comme un écureuil – apprenait les bases de la langue qui allait devenir la sienne.

À la rentrée, elle irait à l'école maternelle. Cela avait été une victoire facile pour Georgie, car Abe, bien qu'ayant lui-même été éduqué par des précepteurs au palais, était favorable à la scolarisation, qui permettait un contact avec des enfants de son âge.

Perdue dans ses réflexions, elle regarda Tilly s'éloigner avec Fatima, avant de se tourner vers Abe. Celui-ci la contemplait, un sourcil levé.

— Tu as l'air préoccupé, Georgie.

— Non.

— Allez, dis-moi.

— Tu ne dois pas partir au travail ?

Elle s'efforça de sourire, mais il ne fut pas dupe.

— Le travail peut attendre.

Comprenant qu'il ne s'en irait pas tant qu'elle ne lui aurait pas répondu, elle se résigna à lui confier ses appréhensions.

— Une fois que notre futur mariage aura fait les gros titres, il n'y aura plus de retour en arrière possible, dit-elle sans le regarder. J'avoue que cela me perturbe. Et tout va si vite… Je viens à peine de me faire à l'idée que nous allons nous marier, et maintenant je dois me préparer à une conférence de presse.

— Tu veux dire que dans ton esprit il restait une possibilité de retour en arrière ?

Abe se demandait si le jour viendrait où les doutes de Georgie seraient à jamais éteints. Une fois qu'elle porterait son alliance ? Combien de fois devrait-il lui répéter que tous les ingrédients étaient réunis pour un mariage réussi ?

Intrigué par sa réticence, il l'observa plus attentivement. Avec sa silhouette mince, son T-shirt jaune et sa jupe, elle était incroyablement jolie. Et la nervosité qui l'agitait en ce moment éveillait en lui un puissant besoin de la protéger, qu'il s'expliquait par le fait qu'elle était la mère de son enfant. Mais c'était aussi plus que cela. Jusqu'alors, les humeurs féminines l'avaient toujours fait fuir. Or celles de Georgie représentaient un défi. C'était aussi simple que ça. Elle ne pourrait jamais l'ennuyer.

— En réalité, non, je n'envisage pas de retour en arrière, répondit-elle.

— Dans ce cas, qu'est-ce qui te tracasse ? Je pense que tu t'inquiètes trop.

Elle poussa un soupir désespéré et il prit sa main dans la sienne. Il eut l'idée d'énumérer l'une après l'autre les inquiétudes de la jeune femme, pour lui montrer qu'il comprenait ce qu'elle traversait, et parce qu'il pensait que cela l'aiderait à aller de l'avant.

— L'hôtel est au courant, dit-il. Je leur ai annoncé la nouvelle, puisque tu ne savais pas par quel bout commencer.

— Oui, j'ai eu au téléphone une amie qui travaillait avec moi et nous en avons longuement parlé.

— Quant à ton appartement… La vente est en cours. Tu voulais que l'argent soit versé à ta voisine de palier qui t'a beaucoup aidée avec Tilly. Mes hommes de loi s'en occupent.

— Je te remercie. J'ignore comment j'aurais pu gérer ça d'ici.

— Nous avons longuement discuté les détails de la scolarisation de Tilly. Le Conseil des arts ? Ils attendent avec impatience que tu participes à leurs réunions, quand tu te sentiras prête. Pour en revenir à cette rencontre avec la presse… C'est une simple formalité, Georgie. Il n'y a pas de quoi s'inquiéter outre mesure.

— J'ai l'impression que tout me tombe dessus et que je ne peux pas dire stop. Non que je le veuille…

— Mais tu te sentiras en sécurité tant que tu auras l'impression qu'il te reste encore une porte de sortie…, termina-t-il à sa place. Et l'idée de voir l'information imprimée noir sur blanc te rend nerveuse.

Elle acquiesça.

— Si ça peut te rassurer, dis-toi que le plus dur est derrière toi, puisque tu as rencontré mon père, les membres de ma famille, mes amis. Et garde à l'esprit que nous n'allons pas nous marier le lendemain de l'annonce. Notre mariage doit être célébré en grande pompe, avec des centaines d'invités, il n'aura donc pas lieu avant un mois ou deux. Crois-moi, le jour où nous nous passerons la bague au doigt, tes inquiétudes se seront dissipées.

— Comment peux-tu être aussi sûr de toi ?

Apparemment, il avait fini par lui communiquer son optimisme, car elle souriait à présent. Il se leva et lui tendit la main. Le simple contact des doigts de Georgie alluma un désir brûlant en lui. Au prix d'un effort considérable, il réprima cette fringale charnelle – désormais familière – qui l'assaillait aux moments les plus inopportuns.

— Personne ne peut être sûr de tout, murmura-t-il, mais il faut avouer que je me trompe rarement.

— Me voilà rassurée !

— Tant mieux. Et maintenant, du travail m'attend, alors ne me tente pas.

— Te tenter de faire quoi ? demanda-t-elle d'un air faussement innocent.

— Tu verras ce soir…

Le lendemain matin, quand elle se réveilla, Georgie trouva le lit vide à côté d'elle. Repue de plaisir, elle avait dormi si profondément qu'elle n'avait pas entendu Abe se lever.

Un coup d'œil à son téléphone lui apprit qu'il était presque 9 heures. Confuse d'avoir fait la grasse matinée, elle bondit du lit, enfila sa robe de chambre et se précipita dans la pièce contiguë, où elle trouva Abe et Tilly, en train de choisir des vêtements pour la petite fille, parmi un éventail de tenues déployées sur le sol. Abe, assis par terre, couvait sa fille d'un regard indulgent.

— Désolée, je ne me suis pas réveillée. Que se passe-t-il ?

— Les dames n'ont-elles pas le privilège de choisir ce qu'elles vont porter ? répondit-il. Elle a déjà pris son petit déjeuner et Fatima viendra la chercher dans une demi-heure pour l'emmener chez mon père. Elle doit y retrouver des enfants qui seront dans la même école qu'elle. Nous les rejoindrons quand les journalistes en auront fini avec nous.

— Oh ! Seigneur ! J'avais complètement oublié la conférence de presse !

— Inutile de paniquer, c'est dans deux heures. Viens plutôt nous aider à choisir la tenue la plus appropriée pour un goûter d'enfants. Pour l'instant, la tenue rose de ballerine est en tête.

La complicité entre le père et la fille, tellement naturelle, tellement réconfortante, l'avait profondément émue, mais le rappel de la conférence de presse lui fit entrevoir un aspect bien moins idyllique de sa nouvelle réalité.

Des photos d'Abe et elle allaient être diffusées dans le monde entier, avec l'annonce de leurs fiançailles. Ses collègues de travail à l'hôtel les verraient. Ses amis et ses connaissances plus anciennes les verraient aussi dans la presse people et elle imaginait bien leur émoi en la découvrant au bras d'un sublime prince du désert.

Inconsciente de l'agitation de sa mère, Tilly prit le tutu

et le plaqua contre elle. Georgie songea que sa fille allait rapidement s'habituer à son nouvel univers, au point qu'elle considérerait le regard continu des photographes comme allant de soi.

Pour la première fois, elle comprit ce qu'Abe avait voulu dire quand il affirmait que Tilly devait être protégée.

Cela lui paraissait fou aujourd'hui qu'elle ait imaginé qu'ils auraient pu organiser une garde alternée, faisant passer Tilly d'un petit appartement à Londres à un palais somptueux au Qaram. Un va-et-vient entre des lieux aussi différents n'aurait fait que perturber l'enfant.

S'arrachant à ses réflexions, elle s'avança vers sa fille et lui sourit.

— Tilly, pourquoi ne choisirais-tu pas la robe à fleurs et les sandales ?

— C'est pas marrant.

— Raisonneuse, comme sa mère..., dit Georgie en réponse au sourire moqueur d'Abe.

Oubliant la conférence de presse, elle s'absorba dans le choix d'une tenue pour Tilly. Un compromis fut finalement trouvé. Quand Fatima vint la chercher, la fillette portait le tutu et les ballerines roses, avec un T-shirt à fleurs.

— Vas-tu travailler jusqu'à la séance photo ? demanda-t-elle quand ils furent seuls.

Il s'était levé et quand il s'arrêta devant elle, un délicieux frisson la parcourut. Ces réactions, systématiques dès qu'il s'approchait, cesseraient-elles un jour ? En était-il toujours ainsi quand on était amoureux ? Dire qu'elle avait cru que sa rancune la préserverait de toute faiblesse à l'égard d'Abe... C'était loin d'être le cas.

— Je vais y aller, oui, dit-il. Mais pour le moment...

Il saisit délicatement les pans de sa robe de chambre en soie et sourit, avant de poursuivre :

— La brève vision d'un sein a attiré mon attention.

— Qu'est-ce que tu racontes ?

Elle baissa machinalement les yeux et vit qu'entre le moment où elle avait soulevé Tilly pour l'embrasser et celui où elle avait refermé la porte derrière Fatima, la ceinture de sa robe de chambre s'était légèrement desserrée.

Quand elle releva la tête, Abe avait glissé une main dans l'échancrure et caressait ses seins, avant d'en taquiner les bourgeons qui se dressèrent en réponse à sa caresse. Puis il s'inclina vers elle et il l'embrassa. Ce fut un baiser interminable, langoureux et tendre auquel elle répondit avec passion. Sans avoir besoin de sentir son érection, elle devinait la flambée de désir de son compagnon au grognement sourd qui s'échappa de ses lèvres. Avec une pointe de fébrilité, il la débarrassa de sa robe de chambre qui tomba au sol dans un murmure de soie pour former un monticule bleu et vert à ses pieds.

Elle était nue à présent et elle se plaqua contre lui pour sentir contre sa peau le corps puissant de son amant. Quand il la saisit par les fesses et la souleva, elle noua naturellement les jambes autour de ses hanches.

Sans un mot, il l'emporta vers la chambre. Aucune parole n'était nécessaire, leurs corps se comprenaient.

Il l'allongea à moitié sur le lit et après lui avoir écarté les jambes, il s'agenouilla entre ses cuisses. Puis, il posa la bouche sur le cœur palpitant de sa féminité et elle laissa échapper un soupir de pur plaisir, qui se mua en un long gémissement quand il commença à lui faire l'amour avec la bouche. Submergée par des sensations exquises, elle s'abandonna complètement quand il finit par introduire un doigt dans son sexe. Le plaisir qu'il avait lentement et savamment attisé explosa en un orgasme dévastateur. Elle jouit contre les lèvres de son amant, dans un tressaillement de tout son corps.

Quand elle redescendit de son nuage, elle ouvrit les

yeux et contempla la tête sombre toujours nichée entre ses jambes. Elle caressa ses cheveux noirs.

— Abe…, murmura-t-elle dans un soupir de gratitude.

— Tu es très douée pour me distraire, marmonna-t-il.

Puis ils firent l'amour. Ce fut intense et rapide. En quelques instants, ils atteignirent ensemble les sommets de l'extase.

Elle aurait pu rester ainsi tendrement enlacée avec lui pour toujours, mais elle se souvint qu'il leur restait moins de deux heures pour se préparer. S'arrachant à la merveilleuse torpeur qui la gagnait, elle sauta du lit avec l'intention d'aller immédiatement dans la salle de bains.

— Je te laisse, dit Abe qui s'était levé à son tour. Je dois encore m'occuper de quelques dossiers. Je me changerai dans mon bureau et je te retrouverai ici dans une heure. Il nous reste peu de temps, je sais, mais c'est ce qui arrive quand…

— Quand on oublie de se concentrer.

— Tu m'ôtes les mots de la bouche !

Sans plus de cérémonie, Georgie alla dans la salle de bains, prit une douche, puis elle ouvrit tous les placards de son dressing. Tout en scrutant les rangées de tenues habillées – dont aucune n'avait encore été portée –, elle songea que le sexe, surtout sa version fougueuse et passionnée, avait un effet très bénéfique sur la nervosité. Elle ne songeait plus du tout à se ronger les sangs !

Elle choisit une tenue classique, mais suffisamment légère pour affronter la chaleur extérieure, Abe l'ayant prévenue que la séance de photos aurait lieu hors du palais.

Elle commençait à s'habituer à la température qui montait tout au long de la journée et redevenait supportable seulement à la nuit tombée.

Une demi-heure plus tard, elle contempla son image dans le miroir du dressing. Sa robe était très simple, d'un ton abricot clair, évasée, avec des manches longues.

Quand il arriva, elle eut la surprise de le découvrir vêtu d'une tenue traditionnelle, une longue tunique blanche dans laquelle il était tout simplement sublime. Elle n'avait pu s'empêcher de rougir quand il surprit le regard dont elle le dévorait.

— Tu es prête ?

— Oui, dit-elle en s'avançant vers lui, toujours rougissante.

Il ressemblait à ce qu'il était : un prince ; un homme qui tenait les rênes du pouvoir suprême entre ses mains. Son cœur battait à tout rompre tandis qu'ils se dirigeaient, main dans la main, vers le large escalier au bas duquel les attendaient plusieurs membres du personnel, sagement alignés.

Il ne manquait plus qu'un tapis rouge ! La monumentale porte d'entrée s'ouvrit comme par enchantement et l'air chaud l'enveloppa. Quand elle vit la foule des journalistes qui les attendaient, elle s'agrippa instinctivement au bras d'Abe.

Les photographes restaient à une distance respectueuse, mais elle remarqua qu'ils étaient beaucoup plus nombreux que ce qu'elle aurait cru. Ils ne devaient pas tous être du Qaram. De toute évidence, leur mariage n'aurait pas seulement un écho dans le royaume d'Abe.

Elle s'était raidie et son compagnon dut le remarquer, car elle sentit soudain qu'il passait un bras autour de sa taille. Instinctivement, elle se tourna vers lui et quand leurs regards se rencontrèrent… Brusquement, ils furent seuls au monde. La chaleur, les objectifs, les gens… Tout s'était dissipé dans une sorte de brouillard lointain et elle ne voyait plus que les prunelles noires d'Abe et la courbe sensuelle de ses lèvres. Elle ne sentait plus que la chaleur réconfortante qui émanait de son corps solide.

Les lèvres d'Abe s'étirèrent en un sourire et elle fondit pratiquement quand il s'inclina pour l'embrasser. Il ne se contenta pas d'effleurer ses lèvres. Il l'embrassa vraiment et elle répondit avec la même passion à son baiser. Quand il s'écarta d'elle, elle cligna des yeux, désorientée.

— Ah, c'est mieux, déclara-t-il en souriant. Maintenant, tu as l'air parfaitement détendu.

Et c'était vrai. Elle était détendue et si amoureuse de lui qu'elle ne parvenait pas à détacher son regard du sublime visage viril. Il l'avait enlacée et elle s'était sentie merveilleusement protégée. Car c'est l'effet qu'il lui faisait régulièrement. Le fait que leur mariage soit une mascarade n'y changeait rien. Avec lui, elle se sentait à l'abri, comme si ce qui leur arrivait ne pourrait pas mal se terminer.

Alors qu'il scrutait le charmant visage de sa future épouse levé vers lui, Abe eut un instant de flottement très bref durant lequel il crut que tout ceci était réel. Les yeux de Georgie brillaient. Elle ressemblait à… à la reine qu'elle allait bientôt devenir, et cela n'avait rien à voir avec les vêtements qu'elle portait ou son charme physique.

Dans ses yeux se lisait une bonté, une générosité qui lui conférait une aura majestueuse, dont elle était apparemment inconsciente, ce qu'il trouva touchant. Cette modestie qui la caractérisait venait de son éducation. Fille de pasteur, très tôt orpheline de mère, elle avait été élevée pour faire passer les autres avant elle-même.

Habitué à ses tenues décontractées, il avait été estomaqué quand elle lui était apparue vêtue de cette robe parfaite pour la circonstance. Avait-elle remarqué sa surprise ? En fait, elle était parfaite dans le rôle de sa future épouse.

Et il n'était pas le seul à penser ainsi. Abe sentait la chaleur et la bienveillance des journalistes et des photographes qui les mitraillaient à l'égard de cette future reine sortie de nulle part.

Georgie méritait ce que la vie avait de mieux à offrir.

Seule ombre au tableau : il n'était pas équipé pour le lui donner. Certes, grâce à lui elle connaîtrait la célébrité et la fortune. Il pouvait la couvrir de bijoux, satisfaire le moindre de ses désirs sur le plan matériel. Mais il savait que ce n'était pas ce qu'elle attendait de la vie. Or ce qu'elle attendait, il ne pouvait pas le lui offrir, car il avait fermé son cœur à double tour avant de jeter la clé. Il était donc essentiel qu'aucun doute ne plane à ce sujet, et il devait veiller à ne pas l'encourager à nourrir de tels espoirs dont il savait pertinemment qu'ils seraient déçus. Il l'avait fait souffrir une fois déjà et il s'était juré qu'il ne recommencerait pas.

Il pressa une dernière fois la main de la jeune femme avant de la lâcher et il eut la satisfaction de constater qu'elle se comportait face aux journalistes avec une aisance remarquable. Une femme élevée dans la perspective d'être reine un jour n'aurait pas mieux fait qu'elle.

Quand une demi-heure fut écoulée, il annonça que la conférence de presse était terminée.

Puis il posa une main dans le creux du dos de Georgie et ils retournèrent dans la fraîcheur du palais.

— Alors ? Était-ce aussi terrible que tu le redoutais ? demanda-t-il quand la lourde porte se fut refermée sur eux. Je dois dire que tu t'en es tirée avec maestria.

Merci, dit elle en rougissant sous le compliment. Je t'avoue que je m'attendais à quelque chose de plus brutal. Que se passe-t-il maintenant ? Allons-nous directement chez ton père ?

Il l'avait conduite dans un des petits salons donnant sur le jardin, où les attendaient des rafraîchissements. Il remplit deux verres de jus de fruits frais et en tendit un à Georgie. La matinée s'était bien passée, la séance de photos avait été un succès et le moment était mal choisi pour briser cette atmosphère légère. Et c'est sans doute ce qui arriverait s'il lui rappelait maintenant ce qu'il lui avait déjà assené le jour où elle avait accepté de l'épouser : l'amour n'entrait pas en jeu dans ce mariage. Il se souvint qu'elle avait accepté cette condition… Se pouvait-il qu'il se soit trompé sur les sentiments qu'il avait cru lire dans ses yeux magnifiques, il y a quelques instants à peine ?

Une autre raison le fit reculer. En effet, le rappel – peut-être inutile – de la nature tout sauf romantique de leur mariage ne ferait que causer encore plus de souffrance. Il décida que les actions avaient plus de poids que les paroles. Elle était intelligente, elle comprendrait, et cette approche plus subtile lui paraissait en fin de compte moins cruelle.

À la pensée de la blesser, il ressentait une véritable douleur physique. Ce qui renforça sa décision qu'il devait agir tout de suite. Pour elle comme pour lui.

— Je vais me changer d'abord, dit-il. Ces vêtements, même s'ils ont l'air confortables, entravent les mouvements.

— OK, répondit Georgie en souriant.

Il lui avait versé un jus de fruits, puis il s'était éloigné. Était-elle victime de son imagination, ou, maintenant que les photographes étaient partis, Abe avait-il pris une attitude un peu distante à son égard ?

Elle avait remarqué qu'il avait lâché sa main juste après l'avoir embrassée.

Mais elle écarta cette impression qui était sans doute le fruit de sa sensibilité à fleur de peau, et elle retrouva sa bonne humeur en songeant à sa première rencontre avec les médias.

En fin de compte, la conférence de presse et la séance photo s'étaient révélées plutôt amusantes. Il n'y avait pas eu de questions désagréables et tout le monde semblait ravi que le prince se marie, qu'il ait un enfant, qu'il ait retrouvé par le plus grand des hasards son amour perdu.

Abe n'avait pas démenti cette affirmation quand un journaliste l'avait lancée.

— Maintenant que c'est officiel, ton agenda va devenir plus chargé, j'en ai bien peur, ajouta-t-il. Les réceptions, les événements, les invitations vont pleuvoir. Il y en a une pour après-demain. Une petite fête entre amis. Rien de trop guindé, et ce sera une bonne occasion pour toi de rencontrer les gens que nous côtoierons à l'avenir.

Le rythme s'accélérait, songea-t-elle. Mais elle sourit, car elle était toujours parfaitement détendue. Pourquoi aurait-elle peur, puisque Abe serait à ses côtés ?

9.

Tilly virevoltait dans le salon, s'imaginant qu'elle était l'un de ces pirates dont regorgeaient les histoires qu'Abe lui lisait chaque soir à l'heure du coucher. Sa joie de vivre faisait plaisir à voir, mais elle n'arrangeait pas Georgie qui aurait voulu la préparer pour la soirée dont Abe lui avait parlé deux jours auparavant.

Depuis, elle n'avait pratiquement pas vu le prince, qui était en déplacement à l'étranger, mais de leurs conversations téléphoniques régulières il était ressorti que l'invitation informelle était en réalité une soirée organisée par son père pour célébrer leurs fiançailles. De toute évidence, Abe n'avait pas la même conception qu'elle d'une « petite fête entre amis », car il avait négligemment ajouté qu'il y aurait une soixantaine d'invités.

— La réception a été organisée un peu à la dernière minute, mais mon père a été tellement emballé par les photos, et tout le monde était impatient de mieux te connaître… J'ai essayé de le convaincre d'attendre un peu, mais il n'a rien voulu entendre.

Voilà pourquoi elle se retrouvait à essayer d'habiller la boule d'énergie qu'était leur fille pour pouvoir se rendre au palais du roi, où Abe les rejoindrait directement de l'aéroport.

Sa brève absence de deux jours lui avait paru une éternité et la perspective de le revoir l'emplissait d'allégresse

Elle avait choisi avec soin la tenue qu'elle allait porter ce soir. Elle savait ce qui était attendu d'elle, mais elle savait aussi ce qui plaisait à Abe. Elle avait jeté son dévolu sur une robe-fourreau bordeaux qui épousait ses formes, tout en restant parfaitement sage, grâce aux multiples voiles de crêpe de soie rose pâle qui flottaient autour d'elle d'une façon très flatteuse.

Elle attrapa résolument Tilly, la couvrit de baisers et la chatouilla jusqu'à ce qu'elle demande grâce, puis elle la jeta sur son épaule comme un baluchon et elle l'emporta dans la salle de bains, où elle réussit à lui donner son bain.

Tout en bavardant et en jouant avec sa fille, elle s'émerveillait des changements qui s'étaient opérés en elle.

Deux semaines auparavant, elle aurait été sur les nerfs, mais la confusion et l'appréhension s'étaient évanouies et à présent elle se sentait parfaitement à l'aise dans son nouvel environnement. Abe avait tenu sa promesse. Il l'avait guidée tout au long du chemin et il l'avait progressivement intégrée dans sa vie.

Elle avait enfin retrouvé cette stabilité à laquelle elle aspirait. Quoi de plus normal alors qu'elle ne puisse s'empêcher de sourire chaque fois qu'elle pensait à lui. Ils s'entendaient à merveille, et pas seulement au lit.

Certes, elle n'avait pas eu droit à des déclarations d'amour enflammées. Ce n'était pas le genre d'Abe. Mais toute l'attitude de son futur mari à son égard lui faisait espérer qu'il éprouvait les mêmes sentiments profonds qu'elle, sans en être conscient. En son for intérieur, elle espérait aussi que ces deux jours de séparation lui auraient fait réaliser ce qu'il ressentait pour elle.

Pour l'instant, ils vivaient toujours au palais, mais après la cérémonie du mariage, ils déménageraient dans la villa. Il lui avait dit qu'elle pouvait l'aménager comme bon lui semblait. L'idée d'apposer sa griffe sur l'endroit où ils allaient vivre l'avait enthousiasmée. Elle projetait déjà d'ajouter un atelier pour profiter de la lumière fabuleuse de l'océan. Qui sait ? Peut-être qu'elle pourrait reprendre sa carrière d'illustratrice de livres pour enfants ? Pour commencer, elle allait illustrer un livre pour Tilly…

Dans un premier temps, sa fille regretterait sans doute la vaste salle de jeux du palais, mais elle se consolerait bien vite, car la villa avait une piscine, et ils pourraient se promener sur la plage au crépuscule.

Quand Tilly fut habillée, Fatima vint la chercher pour la faire dîner, ce qui laissa une heure et demie à Georgie pour se préparer. Elle se prélassa dans un bain, puis elle se maquilla soigneusement, avant de s'habiller. Il était peu après 18 heures et le chauffeur devait les conduire au palais de Basha pour 18 h 45. Abe s'y trouverait déjà et la simple pensée de le revoir, de la nuit qu'ils allaient passer ensemble après la soirée, l'excitait terriblement.

Elle enfila des sandales à fines lanières dont les talons la rehaussaient jusqu'à la taille respectable d'un mètre soixante-dix, et elle alla chercher Tilly pour attendre l'arrivée du chauffeur.

Elle frémissait d'impatience à l'idée de revoir Abe, comme une femme amoureuse, et la voix de la raison qui lui soufflait de ne pas s'emballer devenait de plus en plus inaudible.

Au palais du roi, il y aurait des enfants de l'âge de Tilly, dont certains que la fillette avait déjà rencontrés. Ils seraient fièrement exhibés devant les adultes pendant un court moment, puis ils seraient comme par magie escamotés pour être conduits dans une pièce où ils joueraient sous la surveillance de leurs gouvernantes, jusqu'à ce qu'ils s'endorment.

Quand elles arrivèrent au palais, Georgie fut éblouie par la décoration magnifique qui avait été mise en place pour l'occasion, en si peu de temps. Des lampions accrochés aux branches des arbres égayaient l'allée menant au palais, qui lui-même était illuminé. Le roi n'avait apparemment pas lésiné sur la dépense et son personnel pléthorique avait dû travailler jour et nuit pour parvenir à ce résultat spectaculaire. Les voitures luxueuses et les limousines déversaient les invités en tenue de soirée. Beaucoup d'hommes portaient la longue tunique blanche traditionnelle.

Tilly reconnut immédiatement deux enfants qu'elle connaissait. Son excitation retomba cependant quand elle vit la foule qui se pressait dans la cour et, brusquement intimidée, elle réclama les bras de sa mère.

C'est ainsi que Georgie fit son entrée, avec Tilly dans les bras. Les mouvements de la fillette froissaient sa magnifique robe, ruinant l'apparition qu'elle avait si soigneusement préparée… Les gens ne s'écartèrent pas moins pour la laisser passer et un majordome s'empressa de venir à sa rencontre pour les conduire vers Abe.

Il n'y avait pas de musique, mais les conversations et les rires composaient un doux bruit de fond. Une armée de serveurs circulaient entre les invités avec des boissons et des petits-fours.

Georgie perdit le compte du nombre de fois où elle fut arrêtée en chemin. Elle avait rencontré personnellement seulement quelques-uns des invités, mais le Qaram était petit et maintenant qu'elle était officiellement fiancée à Abe, tout le monde voulait lui être présenté.

Sans cesser de sourire, elle échangeait quelques menus propos avec les uns et les autres, et à sa grande surprise, elle se sentait plus à l'aise qu'elle ne l'avait prévu. Tout le monde parlait anglais et tout le monde semblait enchanté de faire sa connaissance.

Quand elle reposa finalement Tilly par terre et qu'elle eut défroissé sa robe, elle leva les yeux et c'est alors qu'elle le vit. Debout au milieu d'un groupe d'hommes d'affaires, Abe tenait un verre à la main. Il la regardait et le cœur de Georgie fit un bond d'allégresse dans sa poitrine. Elle lui sourit et commença à s'avancer vers lui.

Quand il aperçut Georgie qui venait le rejoindre, Abe s'excusa auprès des dirigeants d'un grand groupe pharmaceutique international qui envisageait de s'implanter au Qaram, et il alla à sa rencontre.

Elle était superbe et il n'en fut pas surpris. Quand elle était entrée dans la vaste salle de réception, Tilly dans les bras, il avait songé qu'elle incarnait magnifiquement la maternité et sa poitrine s'était gonflée de fierté.

Se rappelant ses résolutions, il réussit cependant à ne pas répondre au sourire radieux qui éclaira le visage de la jeune femme quand elle le vit.

Il avait profité des deux jours qu'il venait de passer à l'étranger pour réfléchir et il était parvenu à la conclusion qu'il ne devait surtout pas l'encourager à s'imaginer qu'il pourrait y avoir autre chose entre eux qu'une fabuleuse entente sur le plan sexuel, une véritable amitié et l'adoration partagée de leur fille.

Il avait donc résolu de s'assurer qu'ils étaient tous les deux sur la même longueur d'onde.

— J'ai essayé de te joindre pour te prévenir que j'étais arrivé, mais je suis tombé sur ton répondeur.

— J'ai oublié mon téléphone au palais.

Déçue qu'il ne l'ait pas complimentée sur sa robe, ou sur son apparence, elle se consola en songeant qu'il devait être préoccupé par des choses plus importantes, après son voyage, ou que celui-ci avait dû le fatiguer.

— Tu as pris connaissance du programme pour ce soir ? demanda-t-il.

— Euh… Non.

Elle parcourut la salle du regard. Tout le monde avait l'air de prendre du bon temps. N'était-ce pas l'essentiel ?

— Je t'ai envoyé un mail à ce sujet ce matin. As-tu eu le temps de le lire ?

— Non. Que disait-il ? N'ai-je pas choisi la bonne robe ?

De nouveau, elle regarda autour d'elle et elle n'eut pas l'impression d'être trop ou pas assez « habillée » pour la circonstance.

— Tu es très bien, la rassura-t-il. Le message concernait le protocole du dîner. C'est à toi qu'il reviendra d'inviter les gens à te suivre dans la salle à manger. Un maître d'hôtel te préviendra le moment venu. Mon père sera placé à une extrémité de la table et moi à l'autre. Tu seras assise à une place à côté de moi.

« Très bien ». C'est tout ce que lui inspirait la robe qu'elle avait choisie dans l'intention de lui plaire ? Et maintenant il se lançait dans la description du déroulement protocolaire de la soirée, sans doute pour lui rappeler que cette soirée de fiançailles était aussi un événement qu'elle devait superviser en tant que future épouse du prince.

Son excitation retomba brutalement et elle eut du mal à cacher son désappointement.

— Bien sûr, dit-elle un peu plus sèchement qu'elle n'aurait voulu.

— Et maintenant, je vais aller voir Tilly, dit-il en souriant.

Elle nota que c'était la première fois qu'elle le voyait sourire depuis que ses yeux s'étaient posés sur elle ce soir.

— J'ai réussi à la dissuader de mettre son costume de fée. Mais elle a insisté pour apporter un sac avec des jouets.

Abe se dérida complètement et éclata de rire.

— Je me demande si tous ces gamins qui sont ici ce

soir savent qu'elle va les mener à la baguette dans les années qui viennent.

Puis il regarda sa montre. Elle comprit le message. Le moment était venu pour elle d'accomplir son devoir. Elle allait se mêler aux invités et bavarder avec eux en attendant le signal pour passer dans la salle à manger.

La soirée se déroula sans anicroche. Elle s'enquit de Tilly à trois reprises et la troisième, elle trouva sa fille endormie sur l'un des sofas profonds et bas qui faisaient le tour de la salle.

Elle réussit à échanger quelques paroles avec Basha, qu'elle félicita pour cette fête magnifique. Il lui répondit qu'il avait à cœur que tout le monde, famille et amis, rencontre celle qui allait devenir sa belle-fille, et ses paroles lui firent chaud au cœur.

Basha savait indéniablement recevoir ! Les mets servis pendant le dîner étaient incroyables et, serrée entre le président du Conseil des arts et un cousin éloigné d'Abe, elle avait l'impression que la soirée était une réussite.

Si ce n'est qu'elle n'avait pas beaucoup vu Abe.

Après leur bref échange à son arrivée, il l'avait laissée se débrouiller tout le reste de la soirée. Et quand finalement elle fut assez proche de lui, à la table du dîner, il lui avait adressé un sourire rassurant, levé un sourcil interrogateur comme pour lui demander si tout se passait bien, avant de se retourner vers la jolie brune assise à sa gauche.

Pour la première fois depuis son arrivée au Qaram, Georgie eut un aperçu de ce à quoi ressemblerait sa vie dans les années à venir. La période d'adaptation était visiblement terminée et le moment était venu pour elle de remplir sa part du contrat sans état d'âme. Elle ne devait pas attendre d'Abe amour et soutien. Il ne serait pas à l'écoute de ses émotions, de ses doutes et de ses moments de faiblesse, comme l'aurait été un compagnon pour qui elle aurait tout représenté. Si elle l'avait espéré, dans le secret de son cœur, elle s'était lourdement fourvoyée.

Elle accomplirait de son mieux les devoirs inhérents à la situation d'épouse du prince, et il serait fier d'elle. Ils coucheraient ensemble et pour Abe, tout se passerait selon ses désirs.

Elle devait se rendre à l'évidence : elle avait donné son cœur à un homme qui était incapable de l'aimer comme elle l'aimait. Contre toute logique, elle avait laissé l'amour prendre le dessus sur son pragmatisme. Et, n'écoutant que ses rêves et ses espoirs, interprétant des paroles ou des gestes sans conséquence, elle s'était aveuglée quant à la nature des sentiments que son amant éprouvait pour elle.

Malgré le malaise qui l'avait envahie, elle réussit à faire bonne figure jusqu'au départ du dernier invité. Il était minuit. Abe alla prendre Tilly, profondément endormie dans la même position où Georgie l'avait trouvée trois heures auparavant, et ils quittèrent le palais à leur tour, dans la limousine qui avait amené Georgie.

— Fatiguée ?

Elle se tourna vers lui et le contempla un instant. Leur fille était toujours profondément endormie contre son épaule.

— Épuisée.

— Tu t'en es très bien tirée ce soir. Je suis fier de toi.

— Parfait.

Sans plus de commentaires, elle détourna la tête et fit mine de regarder au-dehors. Il faisait nuit et il n'y avait rien à voir. Elle n'avait pas envie de parler. Au fond, elle redoutait que si elle commençait, elle soit incapable de taire la souffrance que lui avait causée l'attitude distante d'Abe tout au long de la soirée.

Fatima s'était retirée depuis longtemps et, une fois dans la chambre de Tilly, c'est elle qui la mit en pyjama en prenant toutes les précautions pour ne pas la réveiller.

Pendant quelques minutes, elle sentit la présence d'Abe dans son dos, puis elle l'entendit quitter la chambre.

Elle bâillait quand elle entra dans leur chambre. Par la porte ouverte de la salle de bains, elle vit Abe qui se brossait les dents. Il venait visiblement de prendre une douche et il était nu, mis à part la serviette nouée autour de ses hanches. Une minute plus tard, il la rejoignit.

— Tu étais ravissante dans cette robe, Georgie, au cas où j'aurais oublié de te le dire.

Tout en parlant, il avait effleuré de l'index l'échancrure de la robe et cette caresse suffit pour que la pointe de ses seins se dresse contre son soutien-gorge de dentelle.

Puis de sa gorge la main d'Abe remonta vers sa nuque, et il l'attira vers lui. Comme mues par une volonté propre, les mains de Georgie se posèrent sur son torse, dont elle savoura la musculature puissante, la tiédeur de la peau nue sous la toison sombre. Au prix d'un effort considérable, elle résista à l'envie de caresser son torse viril et de dénouer la serviette qui le couvrait.

Elle ne voulait pas laisser sa soif de plaisirs charnels annihiler toute pensée rationnelle. Car c'était bel et bien l'effet que lui faisait Abe. Son langage était le langage du sexe et il savait en user à son avantage, mais le malaise qu'elle avait ressenti durant la soirée n'allait pas se dissiper aussi facilement et, pour la première fois, elle n'était pas d'humeur à faire l'amour.

— Je suis fatiguée, dit-elle, avant de s'écarter et de se diriger vers la commode pour y chercher une chemise de nuit.

— Je sais, la soirée a été longue.

À l'intonation méfiante de sa voix grave, elle sentit que son attitude réservée ne lui avait pas échappé.

Elle ne répondit pas. Après avoir refermé la porte de la salle de bains derrière elle, elle enfila sa chemise de nuit de vieille fille. Quand elle revint dans la chambre, il était allongé dans le lit, la lumière de sa table de chevet allumée. Un bras replié derrière la tête, il la suivit du regard tandis qu'elle prenait un livre, vérifiait son téléphone, puis qu'elle se glissait à son tour entre les draps.

— Vas-tu me dire ce qui ne va pas, ou vas-tu ruminer en silence jusqu'à l'extinction des feux ?

— Tout va bien, nia-t-elle sèchement.

Abe roula sur le côté pour la regarder. Elle lui avait paru très à l'aise ce soir. Il avait même eu l'impression qu'elle s'était amusée. Quelqu'un lui avait-il dit quelque chose qui l'avait contrariée ?

— Qu'as-tu pensé de la soirée ? demanda-t-il, décidé à tirer cela au clair.

— Je suis trop fatiguée pour discuter maintenant, Abe.

— Mais pas trop fatiguée pour lire ?

— Je suis trop fatiguée pour faire l'amour, rétorqua-t-elle sans tenir compte de son insinuation.

Puis elle éteignit sa lampe de chevet. Elle lui tourna ostensiblement le dos, mais il ne put s'empêcher de la prendre par l'épaule et de la faire tourner de sorte qu'elle lui fit face. Leurs corps étaient si proches qu'il percevait la chaleur qui émanait d'elle.

— Ce n'est pas ce que je te demandais, fit-il remarquer.

— Non, mais c'est ce que tu voulais dire.

— Je pensais que tu avais passé une bonne soirée, alors je ne comprends pas ton énervement.

— Je suis surprise que tu aies remarqué que je m'amusais. Alors qu'en tout et pour tout tu as dû me parler cinq minutes.

Abe se figea.

— C'est donc ça ! Tu m'en veux parce que je t'ai laissée avec nos invités sans te tenir par la main ?

— Je ne te demande pas de me tenir la main dès que nous sortons, rétorqua-t-elle, piquée au vif.

Il s'aperçut qu'il lui avait parlé plus sèchement qu'il n'aurait voulu et il eut un peu honte d'avoir perdu son sang-froid.

— Je me rends compte que tout ceci est nouveau pour toi, dit-il. Et crois-moi, je veux être sûr que tu trouves ta place ici, que tu t'y sentes chez toi, tant pis si ça prend du temps.

— C'est pour ça que tu m'as donné une maison ? Pour que je puisse l'arranger à ma guise et ne pas me sentir trop dépaysée ?

— Tu penses que j'ai agi par égoïsme ?

— Je pense que tu es attentionné, Abe. Attentionné et prévenant, parce que tu n'as pas d'autre choix.

— Nous ferions peut-être mieux d'avoir cette conversation à la lumière du jour.

Il éteignit sa lampe de chevet, et la chambre fut plongée dans l'obscurité.

— C'est toi qui voulais parler, dit Georgie d'une voix plus calme. Alors parlons. Ce soir, j'ai enfin réalisé où je me situais dans la hiérarchie de ta vie.

— Extrêmement haut, si tu veux savoir.

— Non, je suis loin du sommet. Et je n'y suis qu'à cause de Tilly. Tu es prêt à tout pour que je me sente bien ici parce que je suis la mère de ta fille. Mais ce soir, j'ai compris que tout cela n'est rien de plus qu'un contrat pour toi. Oh ! je ne doute pas que tu m'apprécies et que tu trouves qu'on s'entend plutôt bien, notamment au lit, mais ça reste un contrat.

— Où veux-tu en venir, Georgie ? Ai-je jamais essayé de te leurrer à ce sujet ? Je pensais avoir été honnête avec toi sur l'intérêt de notre mariage. Aurais-tu préféré que je te mente ?

— Non ! Et non, tu ne m'as pas leurrée. C'est triste à dire, mais je me suis leurrée moi-même.

Troublée par la présence si proche de son corps viril, de son torse nu, elle se redressa brusquement et s'adossa contre la tête de lit. Elle s'accorda quelques secondes pour rassembler ses pensées.

Elle ne fut pas surprise quand il se leva et qu'il contourna le lit dans le noir, avant de tirer une chaise et de s'asseoir de son côté du lit.

Pour Abe, le lit signifiait le sexe et il n'avait certainement pas envie d'avoir cette conversation sous la couette. Il savait compartimenter les divers aspects de son existence. Son amour pour sa fille – immédiat, instinctif et sans compromis – était quelque chose de merveilleux, mais il ne s'étendait pas jusqu'à Georgie. Ce soir, elle avait compris qu'elle ne serait jamais rien d'autre pour lui que la mère de son enfant, la femme que son sens du devoir lui dictait d'épouser pour pouvoir faire partie de la vie de sa fille.

Leur incroyable entente au lit était un bonus, il l'avait dit lui-même, mais sans cela, il l'aurait quand même épousée.

Ils pourraient continuer à faire l'amour et elle pourrait continuer à croire que les sentiments d'Abe changeraient, mais ce soir, elle avait finalement laissé tomber ses œillères et elle avait vu un avenir qui lui paraissait beaucoup plus probable. En fait, un avenir qui était inévitable.

Le problème était que, plus elle couchait avec lui, plus les lignes qui séparaient la fiction de la réalité se brouillaient. Pour Abe, leur arrangement fonctionnait à merveille. Mais pour elle… ?

— Ne t'aventure pas par là, Georgie…

Abe avait rompu le silence et sa voix avait une note légèrement enrouée, comme s'il lui en coûtait. Elle ne voyait pas son expression, mais elle le sentait sur la défensive.

— La soirée m'a beaucoup plu, dit-elle. Tout le monde

a été très charmant et j'ai rencontré des gens que j'espère apprendre à mieux connaître. Au début, j'étais un peu nerveuse, mais après, j'y ai pris beaucoup de plaisir. Je me suis adaptée plus vite que je n'aurais cru.

— Mais… ? Car il y a un « mais » cette fois, n'est-ce pas ?

— De temps en temps, je te cherchais. Après deux jours d'absence, je pensais que tu serais un peu plus impatient de me revoir, mais quand tu m'as vue, tu n'as pas eu l'air particulièrement ravi. Nous étions à cette soirée pour faire le job et je l'ai fait parce que c'est le rôle que tu m'as assigné.

Ses yeux s'étant habitués à l'obscurité, elle le vit se passer nerveusement la main dans les cheveux. Pour une fois, ses mouvements paraissaient moins fluides, moins gracieux que d'habitude.

— Je suis désolé, dit-il d'un ton bourru.

— Tu n'as pas besoin de t'excuser. Tu as été clair dès le départ. La vérité, c'est que je suis tombée amoureuse de toi il y a quatre ans à Ibiza et que je n'ai jamais cessé de l'être.

— Non !

— J'étais dévastée quand tu es parti sans me prévenir et j'étais persuadée que le ressentiment que j'éprouvais me protégerait contre toi si tu réapparaissais un jour. J'en étais toujours convaincue quand nous nous sommes revus, à Londres. Pour moi, c'était définitivement fini entre nous, mais je m'étais trompée. Je suis toujours amoureuse de toi et ce soir, j'ai compris que tout ce que j'éprouvais pour toi était vain, car à tes yeux, je ne serai jamais rien d'autre qu'une obligation à assumer, parmi tant d'autres.

— C'est complètement faux.

— Alors dis-moi ce que je représente pour toi.

— Apparemment pas ce que tu voudrais.

— Ne t'inquiète pas, je ne vais pas rompre notre contrat, car tu as raison. La vie impose parfois des sacrifices et quand les enfants sont impliqués, ils ne doivent pas payer pour les erreurs de leurs parents. Je sais que tu aimes profondément Tilly, j'ai vu les efforts que tu as faits pour gagner sa confiance, et plus encore, je vois que Tilly t'adore. Mais…

Elle s'interrompit, la gorge soudain nouée à la pensée que ce qu'elle s'apprêtait à dire déterminerait le cours de sa vie pour toujours. Elle prit une profonde inspiration et se lança :

— Mais, plus de sexe, Abe. À partir de maintenant, les choses vont changer entre nous. Tu as raison, nous nous entendons bien, mais nous allons arrêter de brouiller les pistes en considérant le sexe comme un bonus.

Sa voix était calme et imperturbable. Elle était fière d'elle. Elle ignorait combien de temps elle tiendrait sans craquer, aussi devait-elle se dépêcher de dire ce qu'elle avait à dire. Il était temps de dicter ses conditions et de cesser de se laisser porter par le courant sous le prétexte qu'elle était amoureuse de lui.

Il se pencha vers elle, et l'intensité de ses yeux noirs faillit la faire revenir sur sa décision. Dans un sursaut de révolte contre la faiblesse de son propre corps, elle leva les mains pour lui intimer l'ordre de ne pas s'approcher.

— Dorénavant, nous ne partagerons plus le même lit et nous mènerons des vies séparées jusqu'à ce que Tilly soit assez grande pour comprendre que tous les mariages ne ressemblent pas à des contes de fées. Alors, nous pourrons divorcer. Je te connais. Je sais que tu es un homme avec… des désirs. Mais tu dois me promettre que tu resteras discret.

— Bon sang, qu'est-ce que tu racontes, Georgie ?

— Je dois me protéger et je commence maintenant. Je ne te demande pas de t'abstenir de toute relation sexuelle. Tu peux faire ce que tu veux, je te promets que je ne te le reprocherai pas.

Elle ne put soutenir son regard plus longtemps, car elle ne voulait pas qu'il voie que chaque parole qu'elle prononçait était comme un coup de poignard en plein cœur.

— J'attends plus d'une relation sur le plan émotionnel que ce que tu peux me donner et je sais qu'un jour je trouverai ce que je cherche. Je suis encore jeune. Vis ta vie, Abe, et ce qu'il y aura entre nous sera ce qui aurait dû y être dès le départ. Un contrat, avec un agenda et une date limite. Maintenant, si tu veux bien, je n'ai plus envie d'en parler. Je ne changerai pas d'avis et je ne veux pas que tu essayes de me faire revenir sur ma décision. Je vais dormir, et demain… Eh bien, demain sera un autre jour…

10.

Abe ne pouvait s'empêcher de se faire des reproches. Il avait pourtant pris soin de ne pas promettre plus qu'il ne pourrait tenir, déterminé à épargner à Georgie les souffrances que lui causeraient ses espoirs inévitablement déçus… Quand il avait compris qu'elle attendait davantage de lui, il avait immédiatement essayé d'instaurer des distances, pour leur bien mutuel.

Et maintenant, il était 3 heures du matin et, assis à son bureau, il ruminait le fait qu'elle l'avait tout simplement chassé du lit conjugal. Les yeux fixés sur l'immensité du désert au-delà de la baie vitrée, il laissait libre cours à ses pensées.

Georgie voulait l'amour. Elle voulait le conte de fées et l'heureux dénouement. Il lui avait pourtant répété qu'il ne croyait pas à toutes ces fadaises. L'amour n'était pas pour lui ! Excepté pour sa fille, son cœur était verrouillé à double tour.

Après tout, ce n'était peut-être pas plus mal que cette mise au point ait eu lieu maintenant. Elle lui avait proposé une solution. Ils se marieraient, comme prévu. L'épanouissement de Tilly restait au cœur de leurs préoccupations et sur ce point ils étaient d'accord. Ils ne coucheraient plus ensemble, mais cette décision n'était-elle pas plus sage ? Ils continueraient de se concerter sur les sujets importants, et il ne doutait pas que leur complicité perdurerait.

Elle avait évoqué un agenda et une date limite. C'était exactement ce dont ils avaient besoin. Un avenir tout tracé avec une date de fin. Si Georgie espérait trouver l'amour un jour, pourquoi pas ? Du moment que leur séparation intervienne une fois que Tilly serait assez âgée pour ne pas être perturbée.

Toutes ces résolutions convenaient à son esprit pragmatique... Et pourtant, quelque chose le gênait. Ne lui avait-elle pas annoncé froidement qu'à partir d'aujourd'hui il était un homme libre ? Libre de chercher la satisfaction sexuelle ailleurs qu'auprès d'elle.

C'était une issue logique. Alors pourquoi tout en lui se rebellait à cette perspective ?

À ce stade de ses réflexions, il n'y tint plus. Ôtant les pieds de son bureau, il bondit de son fauteuil et, au pas de course, il retourna dans la chambre, car cette conversation n'était pas finie.

Maintenant qu'elle avait clarifié la situation, Georgie pensait qu'elle pourrait s'endormir, mais il n'en fut rien. Des bribes de la conversation la hantaient, l'empêchant de trouver le sommeil.

Elle lui avait donné l'autorisation de la tromper !

Comme si cela lui serait indifférent. Mais quel autre choix avait-elle, si elle refusait dorénavant de coucher avec lui ?

Elle avait finalement fini par s'assoupir, quand un bruit la fit sursauter. Elle mit quelques secondes à comprendre qu'Abe était revenu dans la chambre. Dans la pénombre, sa haute silhouette se détachait dans l'encadrement de la porte. Il s'était habillé, mais il était resté pieds nus. Quand il s'avança, elle se figea.

— Je sais que tu es réveillée, Georgie, dit-il en s'asseyant au bord du lit.

Comprenant qu'il était inutile de feindre le sommeil, elle se résigna à s'asseoir à son tour.

— J'ai dit tout ce que j'avais à dire, Abe.

Au lieu de répondre, il alluma la lampe de chevet. Elle ne pouvait plus faire semblant d'être à moitié endormie.

— Comment peux-tu affirmer que tu ne représentes rien pour moi ? demanda-t-il de but en blanc.

— Tu sais parfaitement ce que je veux dire. Je veux qu'on m'aime, Abe, et je le mérite.

À cet instant précis, Abe eut une révélation : il ne pouvait pas éternellement refuser de prendre position. Même si en s'interdisant d'éprouver des émotions il avait avant tout cherché à se protéger et, accessoirement, à protéger Georgie.

À présent, ses mains le démangeaient de la toucher, au point qu'il en éprouvait une souffrance presque physique, mais il se contint, par crainte de la braquer.

— Tu m'as dit que tu me rendais ma liberté..., murmura-t-il d'un ton bourru. Or je n'imagine rien de pire.

— Je suis désolée pour toi, mais nous ne coucherons plus ensemble. C'était une erreur dès le départ, mais j'ai été faible.

— Où est la faiblesse quand deux adultes consentants s'entendent bien au lit ?

— Quand l'un des deux veut davantage.

— Peut-être que les deux veulent davantage, marmonna-t-il.

Il entendit l'hésitation dans sa propre voix, qui trahissait son malaise à la perspective de s'aventurer en territoire inconnu.

— Si tu crois que c'est ainsi que tu vas m'attirer de nouveau dans ton lit, n'y compte pas. Je dois penser à me protéger. Et c'est le seul moyen.

— Je n'ai jamais rien voulu d'autre. Te protéger.

Émue malgré elle par la sincérité qu'elle lut dans le regard de son compagnon, elle détourna brièvement les yeux. Mais, comme attirée par un aimant, elle se tourna de nouveau vers lui.

— Je voulais te protéger de… de moi, Georgie. Car je pensais que je ne saurais jamais t'aimer comme tu le désirais. Je me suis toujours méfié de l'amour, je l'ai toujours rejeté. Pour moi, c'est un sentiment associé à la souffrance. Je l'ai appris à mes dépens quand ma mère est morte.

— Bon sang, Abe ! Ce n'est pas comme ça que ça marche ! Je te rappelle que ma mère aussi est morte quand j'étais très jeune. Mais ça n'a pas déterminé le reste de ma vie.

Il esquissa un sourire penaud.

— Je sais. Je suppose que le fait que je doive un jour régner sur le Qaram a aussi joué un rôle. Pour un chef d'État, il n'y a pas de place pour les vicissitudes du cœur. Je ne voulais pas que les émotions me distraient de mon devoir comme elles l'avaient fait pour mon père.

— Ce qui nous ramène à ce que je disais tout à l'heure. C'est fini entre nous. Nous donnerons le change pour le bien de Tilly, mais sinon, nous mènerons notre vie chacun de notre côté.

— Je ne peux pas faire ça.

— Dommage.

Elle avait répliqué du tac au tac, mais une question s'était insinuée en elle. *Pourquoi ne pouvait-il pas* ? Déterminée à ne pas se laisser une fois encore aveugler par l'espoir, elle refusa de s'attarder sur cette énigme. Mais la situation restait confuse. Pourquoi était-il revenu alors qu'elle lui avait demandé de partir ? Ah oui, c'était sa chambre. C'était son palais. Il pouvait aller et venir comme bon lui semblait.

— Tu dis que tu ne peux pas te contenter d'un simple contrat entre nous. J'ai réfléchi et j'ai découvert que tu n'étais pas seule dans ce cas.

— Où veux-tu en venir ?

— Toute ma vie, j'ai toujours essayé de faire preuve de logique et de pragmatisme, répondit-il après avoir pris une profonde inspiration. Quand je t'ai rencontrée, la première fois, je ne pensais pas que notre aventure irait au-delà d'une nuit. Nous n'étions pas destinés à nous revoir, donc je ne voyais pas l'intérêt de te révéler ma véritable identité. Je sais… nous en avons déjà discuté… Mais je t'ai rencontrée, Georgie, et je ne m'étais jamais senti aussi libre. J'ai prolongé largement mon séjour à Ibiza, jusqu'à ce que je sois rappelé d'urgence quand mon père a fait son infarctus. À l'époque, pour les raisons que tu connais, j'ai jugé préférable de partir sans te revoir. Je pensais même que plus tu serais en colère contre moi, plus vite tu t'en remettrais.

— Tu as raison, dit-elle sèchement. Nous en avons déjà longuement parlé et je n'ai pas envie de revenir sur le sujet.

— Moi non plus, mais il le faut. Après toi, je n'ai pratiquement pas eu de vie sentimentale…

Il poussa un soupir et elle dut faire un effort pour ne pas se laisser attendrir par l'hésitation qu'elle perçut de nouveau dans son regard.

— Je n'ai aucune envie d'entendre les détails de ta vie amoureuse après notre rupture !

— Écoute-moi, ma chérie. S'il te plaît. Pour la première fois de ma vie, je cherche mes mots… la façon de te faire comprendre… À mon retour, j'aurais dû commencer à songer sérieusement au mariage. Mon père qui prenait ses distances avec le pouvoir, moi qui m'impliquais chaque jour davantage dans la conduite du pays… C'était le moment de me ranger et d'avoir des enfants, mais je n'arrivais pas à m'y résoudre. Aucune des nombreuses fiancées idéales qu'on me présentait ne m'attirait, mais je n'ai jamais fait le lien. Je n'ai jamais vu l'ombre que tu jetais sur elles. Pas plus que je ne voyais que tu avais mis la barre tellement haut qu'aucune autre ne pouvait soutenir la comparaison.

Georgie rougit. Mentait-il ? Était-ce une manœuvre pour la faire changer d'avis ? En son for intérieur, elle ne pouvait cependant pas croire qu'il puisse être aussi cruel.

— Pourquoi n'as-tu pas essayé de me retrouver, dans ce cas ?

— Avec le recul, je comprends que c'est la plus grosse erreur que j'aie faite de toute ma vie. Et pas à cause de Tilly, pas parce que j'ai manqué ses premières années, mais à cause de toi. Parce que, sans m'en rendre compte, je suis tombé amoureux de toi au cours de ces trois semaines à Ibiza et je ne m'en suis jamais remis. Si j'avais eu le temps de me poser, au début, j'aurais peut-être compris ce qui m'arrivait, mais je suis rentré en catastrophe au Qaram et à partir de là, ma vie s'est emballée. J'avais à peine le temps de dormir, encore moins de réfléchir. Peut-être aussi n'avais-je pas envie de me remettre en question.

Georgie retenait son souffle à présent. Au milieu des émotions qui s'entrechoquaient dans son cerveau embrumé, commençait à surnager cet espoir qu'elle avait de plus en plus de mal à étouffer. Venait-il d'affirmer qu'il était tombé amoureux d'elle ? Ou prenait-elle ses désirs pour la réalité ?

— Je suis terrifié à l'idée que j'aurais pu continuer à vivre en pensant que je pourrais être heureux sans toi à mes côtés. Pour moi, l'amour n'avait rien à faire avec le mariage. Par peur du chaos, je refusais d'être à la merci de mes sentiments, mais c'est ce qui est arrivé. Je suis amoureux de toi et heureux de laisser mes émotions dicter ma vie. Je ne veux pas d'un mariage de convenance, je veux que nous nous mariions pour toutes ces bonnes raisons auxquelles tu crois. J'espère seulement que tu y crois toujours…

Bouleversée au plus profond d'elle-même par cette déclaration qu'elle n'espérait plus, Georgie ne songeait pas à retenir les larmes qui se mêlaient à son rire quand elle l'attira vers elle.

— Oh ! Abe… Je t'aime de tout mon être, et je t'aimerai toujours.

Ibiza. Le soleil. L'azur de la mer. Le ciel turquoise.

Ils avaient choisi Ibiza pour leur lune de miel en une sorte d'hommage nostalgique au lieu où ils étaient tombés amoureux, comme pour effacer les quatre longues années qu'ils avaient vécues loin l'un de l'autre.

Elle regarda la piscine à débordement qui, par un effet d'optique, semblait se jeter dans la mer, et elle vit Abe et Tilly qui jouaient dans l'eau. Le disque orange du soleil couchant les éclaboussait d'un hâle doré. Dans un instant, ils sortiraient de l'eau. La villa derrière elle était splendide, comme il se devait pour une propriété royale. Fatima, qui les accompagnait, s'occuperait de Tilly, pendant qu'Abe et elle…

Son regard tomba sur l'alliance qu'elle portait au doigt et elle songea rêveusement que la vie ne pouvait pas atteindre un plus haut degré de perfection.

Ou alors un tout petit degré supplémentaire…

Abe émergea de la piscine, portant Tilly. *Il devrait exister une loi pour interdire à un homme d'être aussi sexy* ! Quand il s'arrêta devant elle, il déposa un baiser sur ses lèvres.

— À quoi penses-tu ? demanda-t-il.

— À la bouteille de champagne que nous déboucherons ce soir.

— D'accord, acquiesça-t-il tout en enveloppant Tilly dans une grande serviette blanche.

Puis il passa un bras autour de sa taille et ils entrèrent dans la maison.

— Nous sommes ici, ensemble et mariés, reprit-il. Ça mérite d'être célébré. Franchement, je ne vois pas ce que la vie pourrait nous apporter de mieux.

Georgie sourit. Elle repensa à leur mariage, six semaines auparavant. La cérémonie et les festivités avaient été grandioses et leur souvenir resterait à jamais gravé dans sa mémoire. Elle avait eu la joie de retrouver ses amis londoniens, arrivés dans un avion spécialement affrété pour eux.

Ce soir, elle avait donné congé aux membres du personnel qui avaient leur propre résidence sur la propriété. Une heure plus tard, après avoir douché Tilly et lui avoir lu une histoire, elle passa le flambeau à Fatima, et elle se retrouva dans la cuisine.

— Tu cuisines ! s'exclama Abe quand il la rejoignit.

Il l'enlaça et la serra contre lui, les mains plaquées contre ses fesses.

— Ça me plaît, poursuivit-il en lui dédiant un sourire ravageur. J'aime quand tu cuisines. Te l'ai-je dit ?

— Plusieurs fois déjà, mon chéri.

Depuis qu'ils s'étaient installés dans la villa près de l'océan, à quelques kilomètres du palais, leur vie quotidienne était la plus « normale » possible, si on pouvait parler de normalité avec un chef à domicile, et deux jeunes femmes qui s'occupaient du ménage et de l'entretien pendant la journée.

Dans ce cadre informel où elle se sentait chez elle, Georgie s'était remise à la peinture. Elle s'adonnait à sa passion dès que son emploi du temps de plus en plus chargé par ses nombreuses obligations le lui permettait.

— Qu'as-tu préparé ? demanda-t-il.

Il s'était approché de la cuisinière et il soulevait le couvercle d'une grande poêle. Ce fut elle qui l'enlaça cette fois. Elle appuya la tête contre son dos et respira son parfum viril qui faisait toujours autant chavirer son cœur.

— De la paella, murmura-t-elle.

Puis elle s'écarta et le fit pivoter sur lui-même.

— Très couleur locale ! poursuivit-elle. Et bien sûr, du champagne, même si tu devras boire seul…

Le sourire d'Abe s'était élargi.

— Dis-m'en plus…

— Je pense que tu as deviné, n'est-ce pas ?

Elle se haussa sur la pointe des pieds et elle l'embrassa. Sous ses lèvres, elle sentait qu'il souriait toujours et quand elle s'écarta, elle affichait un sourire tout aussi radieux.

— Dans environ huit mois… tu seras de nouveau papa, murmura-t-elle.

Abe songea qu'il était impossible d'être plus heureux qu'il ne l'était en cet instant. La femme qu'il adorait était à ses côtés et leur famille allait s'agrandir. Dans ces conditions, comment pourrait-il s'arrêter de sourire ?

— Et cette fois, je vivrai l'expérience dès le tout début. Ma chérie, mon amour, je suis tellement impatient…

Retrouvez prochainement,
dans votre collection

AZUR

L'échappée d'une fiancée, de Caitlin Crews - N°4521
C'est la veille de Noël. Loin d'avoir le cœur en liesse, Timoney est désespérée. Dans quelques heures, elle devra épouser un homme qu'elle n'aime pas. Alors qu'elle songe à Crete Asgard, le seul qui l'ait jamais fait vibrer, le voilà qui surgit dans les jardins du domaine familial, en pleine nuit… pour l'emmener avec lui ! Prête à tout pour échapper à son destin, et même à oublier que Crete l'a jadis abandonnée, elle accepte de le suivre…

Un contrat si tentant, de Melanie Milburne - N°4522
« Cet argent est à toi si tu acceptes d'être ma femme pendant six mois. » Médusée, Élodie écoute Lincoln Lancaster poser les conditions d'un contrat hors norme. L'homme qui a toutes les raisons de la détester est aussi le seul capable de l'aider à créer sa propre marque de vêtements ! Si elle est pressée de tourner le dos à sa carrière de mannequin lingerie, qui lui a valu une réputation scandaleuse, Élodie peut-elle pour autant faire confiance à Lincoln ?

Un château pour refuge, de Kali Anthony - N°4523
Mis au ban de la haute société italienne, le comte Stefano Moretti s'est muré dans son château, résolu à réparer les torts qui ont ruiné le nom de sa famille. L'arrivée inopinée d'une voyageuse n'est donc pas une distraction qu'il peut se permettre ! Pourtant une tempête de neige fait rage, et Stefano n'a d'autre choix que de proposer l'hospitalité à la douce Lucy. Tandis que le froid sévit dehors, la température monte entre Stefano et son invitée…

Un Noël avec lui, de Donna Alward - N°4524
En cette veille de Noël, l'hôtel Sandpiper s'est paré de lumières. L'atmosphère y est féerique, et c'est un plaisir pour Tori d'y travailler chaque jour. Du moins, jusqu'à ce que Jeremy Fisher y fasse irruption un beau matin. Cet homme, avec lequel elle a vécu une idylle passionnée quatre mois plus tôt, a gardé le pouvoir de la troubler d'un seul regard. Or, s'il ne lui a jamais rien promis d'autre qu'une liaison sans engagement, il est maintenant sans le savoir le père du bébé qu'elle attend…

Exquises nuits d'hiver, de Dani Collins - N°4525

La résolution de Becca pour le nouvel an ? Divorcer ! Voilà quatre ans qu'elle n'avait pas remis les pieds au Canada, dans le chalet où Donovan et elle se sont tant aimés. Se retrouver au milieu des montagnes scintillantes de flocons, avec lui, la bouleverse. Tandis que les souvenirs refont surface, le désir renaît entre eux, plus vif qu'autrefois. Un désir qu'une tempête de neige les invite bientôt à explorer, encore et contre toute raison…

Neuf mois de séduction, de Cathy Williams - N°4526

Depuis l'enfance, Jessica éprouve pour son ami Curtis bien plus que de la tendresse. Un regard de lui suffit à la bouleverser tout entière. Jamais elle n'aurait dû accepter de l'accompagner à un mariage à Courchevel pour jouer le rôle de sa petite amie. Quatre jours – et quatre nuits – passés ensemble dans un palace entouré de neige leur ont fait perdre la raison. Et Jessica doit maintenant en assumer les conséquences…

Passion à Paris, de Liz Fielding - N°4527

Autrefois, Chloé a follement aimé James Harrington. Dans ses bras elle a oublié le destin tracé pour elle par sa famille. Durant quelques mois, leurs cœurs ont battu à l'unisson tandis qu'elle connaissait auprès de lui un bonheur sans nuages. Quel choc de le retrouver aujourd'hui à Paris, la ville illuminée pour Noël qu'ils avaient rêvé de visiter ensemble ! S'ils se sont séparés dans des circonstances douloureuses, Chloé ne peut s'empêcher de se demander si ces retrouvailles inattendues ne sont pas l'occasion pour James et elle de s'offrir une seconde chance…

L'enfant secret d'une innocente,

d'Elisa Marshall - N°4528

SÉRIE : *LES MILLIARDAIRES DE GREY MANOR* - 1/3

Il a… un fils ? Sous le choc, Estéban Samaras tente d'assimiler la nouvelle. Dix ans plus tôt, tandis qu'il fuyait Grey Manor avec ses frères, son premier amour, la douce Anna, l'a trahi en renonçant à le suivre. Et voilà qu'il découvre qu'elle a eu un enfant de lui ! Bouleversé et furieux, il se résout à quitter la Grèce et son île pour retourner dans le village où ils se sont aimés, avec deux objectifs en tête : revendiquer sa paternité et exiger d'Anna qu'elle honore enfin la promesse qu'elle lui a faite jadis de l'épouser !

L'héritière d'un scandale, de Joss Wood - N°4529

SÉRIE : *SCANDALE EN AFRIQUE* - 3/3

Lorsque Roisin découvre qu'elle est l'unique héritière des richissimes Tempest-Vane, elle panique. Institutrice en maternelle, elle ne connaît rien au monde dans lequel elle est brusquement projetée ! Que faire de cette fortune, de toutes ces propriétés tombées du ciel ? Un élément de réponse lui arrive quand Muzi Miya-Matthews, le meilleur ami de son frère, se propose de lui racheter le vignoble de Saint-Urban. Si elle est soulagée à l'idée de vendre une partie de ses biens, elle se méfie. Quel secret recèlent donc ces terres pour que le milliardaire s'y intéresse en particulier ?

Dans les bras de Dante King, de Louise Fuller - N°4530

Marchande d'art, Talitha de Sainte-Croix Hamilton est fière d'avoir été choisie pour conseiller un grand collectionneur. Ce qu'elle ignore encore, c'est que le milliardaire secret n'est autre que Dante King. Dante, qu'elle a aimé avec passion autrefois avant de comprendre qu'il se servait d'elle et de son nom ! Furieuse de ne pas être immunisée contre le charisme de son ex-fiancé, Talitha se résout néanmoins à travailler avec lui…

Amoureuse de son amant, de Chantelle Shaw - N°4531

Un petit secret honteux. Voilà tout ce que Marnie est aux yeux de Leandro Vialli, elle en est persuadée. Car, s'il se montre particulièrement passionné en tant qu'amant, il devient froid et distant dès qu'ils quittent la chambre à coucher. Jamais le richissime homme d'affaires ne la convie aux soirées mondaines auxquelles il assiste. Jamais il n'évoque l'avenir avec elle. Or, si Marnie a accepté d'être sa maîtresse pendant un an, il n'est désormais plus question pour elle de se contenter de ce rôle humiliant. Non seulement parce qu'elle aime Leandro depuis le premier jour, mais aussi – et surtout – parce qu'elle attend aujourd'hui un enfant de lui…